NOUVEAU

THÉATRE

DES MAISONS D'ÉDUCATION

POUR LES JEUNES PERSONNES

LILLE

L. LEFORT, ÉDITEUR

NOUVEAU THÉATRE

DES MAISONS D'ÉDUCATION

POUR LES JEUNES PERSONNES

Oui, puisque ma douleur m'a trahie, enfants,
je suis votre mère !...

Page 55

NOUVEAU THÉATRE

DES

MAISONS

D'ÉDUCATION

POUR LES JEUNES PERSONNES.

3ᵉ édition.

LILLE

L. LEFORT, IMPRIMEUR - LIBRAIRE

MDCCCLX

C.

LA GOUVERNANTE

DRAME EN DEUX ACTES.

PERSONNAGES :

Mᵐᵉ la comtesse D'ESTIVAL.

Mᵐᵉ DELVIEUX.

HORTENSE,
ÉMILIE,   } petites-filles de Mᵐᵉ d'Estival.

Miss WILSON.

MARGUERITE SAULNIER, vieille paysanne.

JEANNE SAULNIER, sa belle-fille.

MARIETTE, petite paysanne.

Le théâtre représente la chaumière de Marguerite Saulnier.
Porte dans le fond avec deux autres portes latérales.

GOUVERNANTE

DRAME EN DEUX ACTES.

—◦◆◦—

SCÈNE PREMIÈRE

MARGUERITE, *seule.*

Elle est assise dans un grand fauteuil, tandis que ses jambes reposent sur un tabouret.

Jeanne ne revient pas; voilà plus de deux heures cependant qu'elle est partie. Mais depuis l'arrivée de cette étrangère dans notre chaumière, elle ne voit que par ses yeux, elle vole au moindre de ses signes, tandis que moi je suis de trop peut-être, et l'on me considère comme une lourde charge dont on voudrait bien être débarrassé. Ah! si j'en étais sûre! Mais non, voilà encore une fois que je suis injuste. Jeanne n'est que ma belle-fille, après tout, et il y a quinze ans qu'elle me soigne, qu'elle pourvoit à tous mes besoins. Oui, voilà quinze ans que mon pauvre fils, mon cher Pierre, est parti pour cet affreux pays que l'on appelle la Russie, où l'on m'a dit qu'il gelait toujours, si bien que presque tous nos braves soldats y sont morts. *Avec force.* Mais lui, il vit encore, il reviendra! Ah! je le sais bien, moi, et quand tout le monde se réunirait pour m'assurer le contraire, je ne les croirais pas. Tant que ce morceau de pain bénit que j'ai placé aux pieds de la sainte Vierge, au moment du départ de Pierre, ne tombera pas en poussière, j'espérerai, moi, dans le retour de mon fils. Oui, oui, il reviendra.

SCÈNE II

MARGUERITE, JEANNE, *elle paraît fort essoufflée.*

JEANNE, *elle s'essuie le front avec son mouchoir.*

Ouf! quelle chaleur! quelle poussière! je n'en puis plus, vraiment. Mère, je suis restée bien longtemps, et vous vous êtes impatientée, n'est-ce pas?

MARGUERITE.

Moi? et pourquoi donc m'impatienterais-je? est-ce que j'ai ce droit là lorsque vous me gardez par pitié?

JEANNE.

Ah! mère, ne parlez pas ainsi; j'aime mieux, tenez, que vous me grondiez franchement.

MARGUERITE.

Si vous étiez ma fille, je ne dis pas.

JEANNE.

Et que suis-je donc? Est-ce que mon pauvre Pierre, lorsqu'on vint nous l'enlever, ne m'a pas dit : « Femme, je te recommande ma mère, elle n'a maintenant plus que toi au monde, aime-la bien.

Jeanne s'arrête et s'essuie les yeux avec son tablier.
Soigne-la comme si c'était ta propre mère. »

MARGUERITE , *d'un ton ému.*

Oui , oui , et il avait raison de compter sur toi ;
tu as toujours été aussi bonne fille que tu étais
bonne épouse ; mais je suis une vieille femme
injuste, querelleuse, qui ne mérite pas....

JEANNE , *vivement.*

Non , vous n'êtes rien de tout cela ; et certes ce
n'est pas Jeanne qui vous en accusera. *Elle s'assied.*
Ah ! je suis bien lasse ; j'ai tant couru , et pour rien
encore. J'ai offert l'ouvrage de Mme Delvieux à plus
de dix marchands sans pouvoir parvenir à le vendre.
Les uns prétendent qu'ils ont trop d'ouvrières pour
songer à en prendre de nouvelles, les autres m'ont
dit que la vente n'allait pas ; enfin il y en a qui
m'ont offert le quart de sa valeur, et je n'ai pas osé
le leur laisser. La bonne chère dame va encore se
désoler sans doute.

MARGUÉRITE , *avec humeur.*

Hé bien , qu'elle aille vendre son ouvrage elle-
même. Depuis deux mois que cette étrangère est
ici , elle nous a donné plus de soucis....

JEANNE.

Ah ! mère , si vous saviez !.... Et puis , elle est
bien malheureuse !

MARGUERITE , *du même ton.*

Malheureuse ! malheureuse ! une femme qui arrive
on ne sait d'où, qui s'installe ici, que tu sers comme
une princesse, ou comme tu pourrais faire de Mme la

comtesse d'Estival elle-même. Tous ces mystères,
toutes ces cachotteries-là, cela ne me plaît pas ; et
je finirai par lui dire son fait, moi, à cette dame,
et pas plus tard qu'aujourd'hui peut-être ; qu'elle
vienne, et tu verras.

JEANNE, vivement.

Chut, chut, ma mère, je l'entends.

SCÈNE III

Les précédentes, Mme DELVIEUX, *elle est en grand
deuil.*

Mme DELVIEUX.

Hé bien, ma bonne Jeanne, vous avez été à la
ville ; cette broderie est-elle vendue ?

JEANNE, avec embarras.

Non, Madame, pas encore, mais plus tard.... on
m'a fait espérer.

MARGUERITE.

Espérer !.... Si l'on peut dire....

JEANNE, d'un ton suppliant.

Ma mère !

Mme DELVIEUX.

Ma chère Jeanne, me voilà donc encore dans
l'impossibilité de te dédommager de tout ce que tu
fais pour moi.

JEANNE.

Ah ! Madame, ne songez donc pas à cela ; je
vous en supplie, ne suis-je pas trop heureuse....

MARGUERITE.

Par exemple ! c'est elle qui aura l'obligation tout à l'heure.

Mme DELVIEUX.

Voilà deux mois, mes pauvres amies, que je suis à votre charge.

JEANNE, *à demi-voix*.

N'avons-nous pas été comblées des bienfaits de votre famille.

MARGUERITE.

Qu'est-ce qu'elle lui dit donc encore ?

Mme DELVIEUX.

Tout se réunit pour m'accabler !

JEANNE.

Du courage, Madame, plus tard vous serez encore heureuse. Oh ! tenez, j'en suis sûre.

Mme DELVIEUX.

Heureuse ! moi ! ah ! je n'ose m'en flatter. *Elle prend le bras de Jeanne et l'entraîne un peu à l'écart.* Eh ! dis-moi, en revenant tu n'es pas entrée au château ! tu ne sais si elles viendront ?

JEANNE.

Non, Madame, je craignais de m'attarder encore.

Mme DELVIEUX, *avec tristesse*.

L'heure est passée où elles viennent ordinairement. C'est une journée perdue pour moi, Jeanne. *Elle demeure la tête baissée.*

MARGUERITE, *avec humeur*.

J'ai beau prêter l'oreille, impossible d'entendre.

Ah cela ! je n'aurai donc pas à déjeuner aujourd'hui ?

JEANNE.

Si, si, ma mère, à l'instant.

MARGUERITE.

C'est bien heureux, en vérité.

Mme DELVIEUX.

Je remonte chez moi.

JEANNE.

Madame n'a besoin de rien ?

Mme DELVIEUX.

De rien, ma bonne Jeanne, je vous remercie.

JEANNE, *en regardant Mme Delvieux s'éloigner.*

Comme elle est triste ! Encore un mauvais jour à passer.

SCÈNE IV

Les précédentes, HORTENSE, ÉMILIE, MISS WILSON ;
elle a l'accent anglais fort prononcé.

ÉMILIE, *en entrant vivement.*

Miss Wilson, un seul instant. je vous en supplie.
*Mme Delvieux, qui é ait au moment de quitter la
chambre, s'avance rapidement au-devant de la jeune
fille.*

MISS WILSON.

Vous êtes insupportable, miss Emilie, et certainement Mme la comtesse le saura.

ÉMILIE.

Mais croyez-vous, miss Wilson, que j'aie l'intention de cacher à ma bonne maman que je suis venue ici? *A Mme Delvieux.* Il m'est impossible de passer devant cette porte sans m'y arrêter.

Mme DELVIEUX, *serrant les mains d'Emilie.*

Chère enfant !

ÉMILIE.

D'ailleurs je voulais savoir de vos nouvelles; mais vous paraissez souffrante?

Mme DELVIEUX.

Maintenant je ne souffre plus.

ÉMILIE.

Oh ! tant mieux.

Mme DELVIEUX.

Chère Emilie, vous m'aimez donc ?

ÉMILIE.

En douter serait bien mal à vous.

Mme DELVIEUX, *en se tournant vers Hortense qui en entrant s'est assise non loin de la porte.*

Et mademoiselle Hortense, m'accordera-t-elle aussi une légère part dans son affection ?

HORTENSE.

Moi, Madame, je suis moins prompte que ma sœur à disposer de ma tendresse, et je m'enthousiasme moins facilement.

ÉMILIE, *vivement.*

Ne la croyez pas, Madame; Hortense a un cœur excellent, mais malheureusement elle préfère qu'on lui suppose beaucoup d'esprit.

HORTENSE , *avec dépit.*

Emilie !

MISS WILSON.

Vous devriez, Miss, prendre votre sœur pour modèle, je vous l'assure.

ÉMILIE.

Moi ! je n'y ai jamais songé ; mais je l'aime et elle n'en peut douter.

HORTENSE.

Tu aimes tout le monde ; il serait bien malheureux que moi seule fusse exceptée.

ÉMILIE , *d'un air peiné.*

Hortense, tu ne parles pas sérieusement.

HORTENSE.

Ai-je dit seulement tout le monde ? Mais ce n'est pas assez dans ce cas, j'aurais dû ajouter tous les êtres vivants de la création. A huit ans, Emilie priait tous les soirs pour son oiseau qui était malade. *Elle rit.*

ÉMILIE.

Non pas tous les soirs ; mais cela m'est arrivé une fois. Et toi-même tu as pleuré lorsqu'il est mort.

HORTENSE.

Moi ! quelle folie ! Je me rappelle seulement avoir fait son épitaphe :

Ci-gît mon premier ami, mon bien-aimé moineau.
Passants, donnez une larme à son tombeau.

Elle rit aux éclats., Emilie la regarde d'un air fort peiné. Hé bien, Madame, Emilie n'a pas

changé, et elle a encore de la tendresse pour tout
ce qui existe, des larmes pour tout ce qui souffre.
Hortense rit encore.

Mme DELVIEUX.

Je ne puis m'empêcher de croire qu'il y ait dans
tout cela un peu d'exagération. Un tel excès de
sensibilité serait un défaut, moins grand à mes
yeux cependant que le défaut contraire.

HORTENSE.

Vous trouvez? Mais je crains par-dessus tout le
ridicule, et je veux éviter celui dans lequel tombe
si souvent la pauvre Emilie.

MISS WILSON.

Allons, Miss, il est temps de reprendre notre
promenade.

ÉMILIE.

Je suis prête; car nous manquerions peut-être
l'instant du réveil de notre bonne maman. *Se rapprochant de Mme Delvieux, et à demi-voix.* J'espère
réussir dans ce que nous désirons si vivement; ma
bonne maman veut vous voir.

Mme DELVIEUX, *avec beaucoup d'émotion.*

Il se pourrait!

ÉMILIE.

Elle m'en a presque fait la promesse.

MISS WILSON.

Allons donc, miss Emilie, nous partons.

ÉMILIE, *après avoir pressé les mains de Mme Delvieux.*

Je vous suis. *A Mme Delvieux.* Lorsqu'elle vous

verra si bonne, si aimable, vous lui plairez, et alors nous ne nous quitterons plus.

Mme DELVIEUX.

Ah ! je n'ose me flatter.

MISS WILSON.

Miss Emilie, nous allons partir sans vous.

HORTENSE.

Un peu de patience, Miss, n'empêchez donc pas Emilie de confier ses secrets.

Mme DELVIEUX.

Nous vous mettrons en tiers dans nos secrets lorsque vous voudrez.

HORTENSE.

Moi ! oh ! non. D'ailleurs il arrive souvent que ce qui intéresse beaucoup Emilie n'a aucun prix à mes yeux.

Emilie embrasse Mme Delvieux, et fait un signe de tête amical à Marguerite et à Jeanne. Hortense adresse à tout le monde un salut plus froid ; puis elles suivent miss Wilson qui sort en sautillant.

Jeanne quitte également la chaumière.

⸻◦◦◇◦◦⸻

SCÈNE V

Mme DELVIEUX, MARGUERITE.

Mme DELVIEUX, *rêvant*.

La charmante enfant ! Combien sa naïve tendresse me rend heureuse ! Quel aimable caractère ! Mais Hortense, je ne sais encore ce que je dois en pen-

ser; je crains que son âme ne soit froide et sèche,
et que l'habitude de se railler ainsi de tous les sentiments doux et affectueux n'en ait tari la source
dans son cœur. Ah! si je pouvais, sous le nom de
Mme Delvieux, vivre auprès d elles, leur consacrer
tous mes instants, tempérer la trop grande sensibilité d'Emilie, éveiller celle de sa sœur, enfin remplir
la tâche dont cette froide Anglaise est incapable,
quel serait mon bonheur !

MARGUERITE, *à demi-voix.*

Est-ce qu'elle ne me dira pas un mot, donc?
Haut. Ce sont de gentilles personnes tout de même
que ces demoiselles d'Estival ! Ne trouvez-vous pas,
Madame?....

Mme DELVIEUX, *vivement.*

D'Estival, dites-vous, mais leur nom est, je crois,
M^elles de Melcy.

MARGUERITE, *d'un ton important.*

Oui; mais c'est que vous ne savez pas que ce
nom-là est proscrit au château. *Mme Delvieux baisse
la tête avec tristesse.* Je sais bien ce qui en est,
moi; car lorsque j'étais plus ingambe, j'allais souvent chez Mme la comtesse d'Estival; une maîtresse-
femme, à qui il faut qu'on obéisse d'abord. Vous
qui êtes étrangère, Madame, vous ne pouvez savoir
tout ce qui s'est passé autrefois dans la famille.

Mme DELVIEUX, *d'un ton très-bas.*

En effet, je... l'ignorais.

MARGUERITE.

Mais moi, je puis en parler. *Mme Delvieux fait
un mouvement, comme si elle voulait interrompre*

2

Marguerite, puis elle s'arrête et écoute, la tête penchée sur sa poitrine. Mme la comtesse d'Estival n'avait qu'une fille unique qu'elle aimait, quoi ! à l'adoration. Elle la* maria, fort jeune encore, à un M. de Melcy, qui avait su si bien enjoler Mme la comtesse, qu'on assure qu'elle ne prit pas tous les renseignements nécessaires avant de lui donner sa fille ; puis, un beau jour, on découvrit que cet époux était un dissipateur, un joueur, un voleur !...

Mme DELVIEUX, *avec force.*

Cela est faux ! un voleur, jamais.

MARGUERITE.

Dame, on l'a dit, je ne l'ai pas vu, moi. Toujours est-il qu'il avait un grand nombre de défauts ; ainsi un de plus, un de moins, qu'importe ! Aussitôt que Mme la comtesse sut à quoi s'en tenir au sujet de son gendre, elle exigea que sa femme le quittât, et vînt demeurer chez elle avec ses deux petites-filles, qui étaient alors des enfants de deux ou trois ans. On dit, mais cela je n'en suis pas bien sûre, que Mme de Melcy ne voulut pas consentir à se séparer de son mari, parce qu'elle pensait qu'après son départ il tomberait encore plus dans le vice.

Mme DELVIEUX, *avec tristesse.*

Elle avait raison ; son devoir était de travailler sans relâche à détruire les défauts de son époux, à épurer son âme ; aucune peine, aucun effort ne devait lui coûter pour obtenir un tel résultat. En instituant le sacrement de mariage, Dieu n'a pas dit : Les fautes de l'une des parties excuseront l'abandon de l'autre. La mort seule pouvait rompre des liens qu'il avait sanctionnés.

MARGUERITE.

Ah ! bah ! ce n'est pas ainsi toujours que raisonna
M. de Melcy ; car, après avoir ruiné sa femme, il
l'abandonna, lui, ainsi que ses enfants. *Mme Delvieux appuie son front sur sa main.* Il fallut bien
alors que la jeune dame retournât chez sa mère,
qui consentit à la recevoir, bien qu'elle eût été très-
mécontente de son refus de revenir plus tôt. Oh !
c'est qu'avec Mme la comtesse, il faut obéir d'abord.
Il était défendu même aux domestiques de prononcer
le nom de M. de Melcy, et on disait que sa pauvre
femme ne faisait que pleurer depuis le matin jusqu'au soir. Puis, un jour tout le château fut en émoi ;
Mme de Melcy était partie en annonçant par une lettre
à sa mère qu'elle allait rejoindre son mari. A dater
de ce moment, ce ne fut plus seulement le nom de
M. de Melcy qu'on dût s'abstenir de prononcer, il
en fut de même de celui de sa femme, et Mme la
comtesse déclara à ses gens qu'elle chasserait le premier qui oserait lui désobéir. C'était sévère peut-
être ; mais aussi quitter ses enfants, sa mère, pour
un tel mari ! Elle méritait au moins cela ; ne trouvez-
vous-pas, Madame ?

Mme DELVIEUX, *qui se lève et marche avec agitation.*

Oui, voilà bien comme juge le monde ; les angoisses de la malheureuse, en se séparant de ce
qu'elle avait de plus cher au monde pour remplir
le plus pénible des devoirs, on ne lui en tient pas
compte ; ses tourments pendant ces treize années
employées à ramener à Dieu l'âme égarée de son
époux, qui les a connus, si ce n'est *Celui* qui seul
aussi pouvait lui donner le courage de les sup-

porter ?... Quelles sont les misères qu'elle n'ait endurées ?... Les chagrins qui lui aient été épargnés ?
Ils n'ont rien vu, ils n'ont rien su, et ils prétendent
s'ériger en juges ?

MARGUERITE.

Cette femme est folle, je crois ; ne pourrait-elle
pas me répondre, plutôt que de rester là à parler
toute seule et à gesticuler ?

—o◇o—

SCÈNE VI

Les précédentes, JEANNE, *qui accourt tout essoufflée.*

JEANNE.

Madame, Madame, voici Mᵐᵉ la comtesse d'Estival qui se dirige de ce côté, je suis sûre qu'elle
vient ici.

Mᵐᵉ DELVIEUX, *avec beaucoup d'agitation.*

Il se pourrait ! Jeanne, tu en es sûre ?

JEANNE.

Oui, oui, j'en suis sûre, c'est bien elle.

MARGUERITE.

Eh bien, eh bien ! comme les voilà tout effarées ?

Mᵐᵉ DELVIEUX, *à demi-voix.*

Ah ! faites, ô mon Dieu, que la douleur m'ait
rendue méconnaissable même pour ses yeux. Mais
je ne me sens pas assez forte pour soutenir maintenant sa présence. *Haut.* Jeanne, je me retire.... si
elle me demande, tu viendras me chercher.... Ciel !
je l'entends !

JEANNE.

Oui , oui , Madame , soyez sans crainte.
Mme Delvieux sort.

---❖---

SCÈNE VII

Mme LA COMTESSE D'ESTIVAL , MARGUERITE , JEANNE.

Mme D'ESTIVAL.

Bonjour, ma vieille Marguerite , bonjour, Jeanne.
Jeanne fait la révérence. Marguerite fait un mouvement comme si elle voulait se lever.

MARGUERITE.

Mme la comtesse voudra bien m'excuser ?

Mme D'ESTIVAL.

Sans doute , sans doute , la bonne mère , restez
donc.

JEANNE.

Il y a bien longtemps que nous n'avons joui du
bonheur de voir Mme la comtesse dans notre modeste habitation.

Mme D'ESTIVAL.

C'est vrai ; mais , en revanche , mes petites-filles
vous visitent souvent.

MARGUERITE.

Ah ! Madame, nous ne pouvons pas imaginer que
ce soit pour nous que viennent ces demoiselles.

Mme D'ESTIVAL.

Ma petite Emilie me rebat les oreilles, depuis près
de deux mois, des louanges de la dame qui loge
sous votre toit ; Mme Delvieux, je crois ?

JEANNE, *vivement*.

On ne peut en dire assez de bien, Madame.

Mme D'ESTIVAL.

Vraiment! J'en suis charmée. Toujours, selon Emilie, il paraîtrait que cette dame a dessein de chercher une place de gouvernante?

JEANNE.

Oui, Madame, je pense que c'est son intention.

Mme D'ESTIVAL.

J'aurais désiré la voir, lui parler; mais elle n'est pas ici, peut-être?

JEANNE.

Pardon, Madame, elle est... dans sa chambre... Je vais la prévenir du désir de Madame la comtesse. *Elle sort.*

Moment de silence.

Mme D'ESTIVAL.

Jeanne est toujours attentive et soigneuse auprès de vous, Marguerite?

MARGUERITE.

Oui, Madame, j'aurais tort de me plaindre; et lorsque Pierre reviendra, je n'aurai que de bons témoignages à lui rendre de la conduite de sa femme.

Mme D'ESTIVAL, *à part*.

Pauvre femme! elle espère toujours!

SCÈNE VIII

Les précédentes, Mme DELVIEUX, JEANNE.

JEANNE, *bas à Mme Delvieux*.

Allons, Madame, du courage, calmez-vous.

Mme DELVIEUX, *de même.*

Je me soutiens à peine. *Elle s'incline profondé-ment devant la comtesse, qui a tressailli en l'aper-cevant.* Madame....

Mme D'ESTIVAL, *à part.*

J'ai cru voir l'ombre de ma fille !... Mais cette femme est bien plus âgée. *Haut.* Mme Delvieux, je crois ?... *Mme Delvieux s'incline de nouveau.* Savez-vous, Madame, que j'ai de grandes raisons de vous en vouloir ?

Mme DELVIEUX.

A moi, Madame, je ne comprends pas....

Mme D'ESTIVAL.

Mais sans doute ; vous avez accaparé à un tel point l'affection de mes petites-filles, que j'en suis jalouse.

Mme DELVIEUX.

Oh ! Madame, qu'est-ce qu'une pareille affection auprès de celle que vous leur inspirez !

Mme D'ESTIVAL, *à part.*

Jusqu'à sa voix qui remue mon âme !... C'est étrange ; mais plus d'une fois déjà j'ai été la dupe de semblables illusions.

Mme DELVIEUX, *qui a examiné la comtesse avec beau-coup d'attention.*

Que dit-elle ?... Grand Dieu ! faites que mon trouble ne me trahisse pas.

Mme D'ESTIVAL.

Vous paraissez souffrante, Madame ; l'air de la campagne vous a sans doute été ordonné par les médecins ?

Mme DELVIEUX.

Il est vrai, Madame, ma santé est altérée.... depuis longtemps; mais j'espère que le séjour de ce pays me sera favorable.

Mme D'ESTIVAL.

On m'a dit que vous étiez veuve.

Mme DELVIEUX.

Depuis quatre mois.

Mme D'ESTIVAL.

Je sais que précédemment vous avez habité pendant quelque temps la petite ville de Saintes; car je serai franche avec vous, Madame. Lorsque j'ai vu l'amitié que vous portait mon Emilie, j'ai désiré connaître un peu cette Mme Delvieux dont elle m'entretenait sans cesse; et, à cet effet, j'ai écrit à l'un de mes amis, qui réside à Saintes, et qui m'a fourni les renseignements les plus honorables sur votre caractère.

Mme DELVIEUX, *avec agitation.*

Vous avez appris, Madame?...

Mme D'ESTIVAL.

Que vous aviez su vous concilier l'estime générale par une conduite toujours digne, toujours exemplaire.

Mme DELVIEUX, *à part.*

Comment supporter les éloges qui s'adressent à une autre?

Mme D'ESTIVAL.

Enfin, Madame, si Emilie ne s'est point trop flattée en espérant que votre attachement pour elle vous engagerait à accepter l'emploi de gouvernante de mes petites-filles, je m'estimerais très-heureuse de vous adjoindre à miss Wilson pour les soins qu'exige encore leur éducation.

Mme DELVIEUX, *avec joie.*

Ah ! Madame, j'accepte cette marque de confiance avec reconnaissance, avec bonheur ; croyez que je ferai tous mes efforts pour m'en rendre digne, et que vos petites-filles trouveront en moi une institutrice consciencieuse, une amie dévouée.

Mme D'ESTIVAL.

J'en suis persuadée, et je vais leur annoncer cette bonne nouvelle. Elle le serait doublement, si je pouvais ajouter que le jour de votre arrivée parmi nous est prochain.

Mme DELVIEUX, *vivement.*

Mais je suis prête, Madame.

Mme D'ESTIVAL, *à part.*

Il y a dans sa voix, surtout par moment, certaines inflexions !.... Quelle folie !.... N'ai-je pas le témoignage de mes yeux pour me convaincre. *Haut.* A bientôt, Madame.

Mme DELVIEUX.

A bientôt. *Elles échangent un salut.*

Mme D'ESTIVAL, *à Marguerite et à Jeanne.*

Au revoir, mes enfants. N'oubliez pas, Jeanne, que vous êtes toujours la bienvenue au château.

JEANNE, *faisant la révérence.*

Oh! merci, Madame la comtesse, bien sûr que je profiterai de la permission.

Mme d'Estival sort.

Mme DELVIEUX , *en levant les yeux au ciel.*

Je vous rends grâce, Seigneur, qui m'avez sou-
tenue.

MARGUERITE , *à part.*

Il y a dans tout cela un micmac que je ne comprends pas; mais, une fois seule avec Jeanne, il
faudra bien qu'elle me l'explique ; car enfin j'ai un
peu le droit de savoir ce qui se passe ici.

JEANNE , *à Mme Delvieux.*

Hé bien, êtes-vous contente ?

Mme DELVIEUX.

Oui, et cependant, mon enfant, combien ma
position va être difficile !... Toujours dissimuler,
toujours craindre de me trahir.... Puis, si la comtesse pénètre la vérité.... Ah ! j'en frémis, Jeanne.

JEANNE.

Alors ils vous pardonneront ; tout sera oublié,
j'en suis sûre, et vous serez heureuse.

Mme DELVIEUX.

Tu ne connais pas ma mère.

MARGUERITE , *prêtant l'oreille.*

Qu'est-ce qu'elles disent donc ? Ma mère.... Ah !
il faut que tout ce mystère cesse ; je ne puis le supporter plus longtemps.

Mme DELVIEUX.

Enfin, j'aurai du moins joui du bonheur d'être
pendant quelque temps auprès de mes enfants.....
Dieu, qui m'a déjà si souvent protégée, ne m'aban-
donnera pas.

ACTE DEUXIÈME

Le théâtre représente un salon du château d'Estival.
A droite un piano, à gauche un chevalet.

—◦◊◦—

SCÈNE PREMIÈRE

Mme DELVIEUX, HORTENSE, ÉMILIE, MISS WILSON.
Hortense est assise au piano, Emilie peint,
Mme Delvieux travaille, miss Wilson lit.

HORTENSE, *cessant de jouer.*

Ah ! voilà, j'espère, assez d'exercices des doigts
pour aujourd'hui, et il doit m'être permis d'en
donner un peu à ma langue. D'ailleurs, j'ai là une
délicieuse romance (*elle regarde miss Wilson de*
côté) que Mme Delvieux ne connaît pas encore ; tu
sais bien, Emilie, celle qui commence par : *O my*
dear Jenny.

ÉMILIE, *posant vivement son pinceau.*

Non, Hortense, je t'en prie, pas celle-là.

HORTENSE.

Et pourquoi, s'il vous plaît ? elle est charmante,
pleine de grâce, de sentiment.

ÉMILIE, *bas à Mme Delvieux.*

Je crains toujours que miss Wilson ne finisse par
s'apercevoir qu'elle se moque d'elle. Madame, tâchez
de l'empêcher de chanter cette romance.

HORTENSE.

Il est vrai que j'ai une manière de la rendre qui
laisse beaucoup à désirer, surtout lorsqu'on a eu

le plaisir de l'entendre chanter par miss Wilson.

ÉMILIE.

Hortense ! je t'en prie, en voilà assez.

HORTENSE.

Chère miss Wilson, Mme Delvieux et Emilie brûlent du désir de connaître votre joli talent et surtout le goût parfait avec lequel vous rendez cette touchante romance : *O my dear Jenny.*

MISS WILSON, *posant son livre et avec un air de contentement.*

Oh ! vous me flattez, Miss, certainement.

HORTENSE.

De la flatterie ; fi donc ! je la déteste à la mort.

ÉMILIE.

Hortense, pourquoi interrompre la lecture de miss Wilson ?

HORTENSE.

Mais afin de l'entendre chanter. Elle est si complaisante, si bonne, qu'elle me pardonnera, j'en suis sûre.

MISS WILSON.

Miss Hortense aime tant la *miousique.*

HORTENSE.

Surtout quand c'est vous qui l'interprêtez. Vous y mettez une expression ! une âme !

Mme DELVIEUX, *d'un ton un peu sévère et à demi-voix.*

Mademoiselle Hortense, je vous engage à cesser ce badinage.

HORTENSE, *également à demi-voix.*

Mais ce n'est point un badinage. *Haut.* Chère miss Wilson, vous me refusez? Oh! c'est mal.

MISS WILSON, *d'un ton piqué.*

Je crois qu'il n'y a que vous ici qui désiriez m'entendre.

HORTENSE.

Oh! miss Wilson! comment pouvez-vous supposer qu'on soit insensible à votre charmant talent? mais ce serait de la barbarie.

MISS WILSON.

Jamais miss Emilie ne m'a prié de chanter; et, quant à Madame, elle a probablement ses raisons pour ne point le faire.

HORTENSE, *bas à miss Wilson.*

De la jalousie, peut-être, et cela seul doit vous décider.

MISS WILSON.

Yes! *Elle se lève pour se rapprocher du piano et se met à préluder.*

HORTENSE, *en se frottant les mains et s'adressant à Mme Delvieux et à sa sœur.*

J'ai remporté la victoire, et maintenant vous allez juger s'il est possible d'être plus ridicule que cette pauvre miss Wilson.

Mme DELVIEUX, *avec sévérité.*

Vous du moins, Mademoiselle, vous n'en jugerez pas, car vous allez vous retirer jusqu'à ce que miss Wilson ait fini.

HORTENSE.

Madame !

ÉMILIE.

Ma chère Hortense, quel plaisir peux-tu trouver.....

HORTENSE.

Si tel est mon goût. *Miss Wilson prélude toujours.*

Mme DELVIEUX.

Je ne puis vous permettre de vous y livrer en ma présence, et puisque vous vous êtes obstinée, malgré mes avis, à vouloir vous amuser aux dépens d'une personne que vous devriez respecter, je vous engage encore une fois à vous retirer. *Voyant qu'Hortense ne se dispose point à obéir.* Au besoin même, je vous l'ordonnerais.

HORTENSE.

Mais c'est vouloir me traiter en petite fille ; ignorez-vous, Madame, que j'ai près de seize ans ?

Mme DELVIEUX.

Dans cet instant je désirerais pouvoir l'oublier.

HORTENSE, *en se retirant.*

Du moins, l'on ne pourra jamais me reprocher aucune espèce d'affectation. *Elle sort.*

Miss Wilson, qui n'a rien entendu parce qu'elle a continué à préluder, se retourne au moment où Hortense sort ; elle se lève.

MISS WILSON.

Eh bien, miss Hortense ?

Mme DELVIEUX

C'est moi , Mademoiselle, qui suis cause de l'éloignement d'Hortense.

MISS WILSON , *avec colère.*

Votre *condouite*, Madame , est bien *étrangère.*

Mme DELVIEUX.

Soyez persuadée , du moins, que je serais au regret de vous blesser en quoi que ce soit.

MISS WILSON.

Oh ! je sais ce qu'il me faut penser depuis quinze jours que je vous observe ; j'ai pénétré vos *intentionnes.*

Mme DELVIEUX.

Expliquez-vous , je vous en prie.

MISS WILSON.

Vous voulez vous arroger toute l'autorité , mais je ne le souffrirai pas; car moi aussi, *Madam* , je *souis* la *governante* de ces demoiselles. *Elle sort avec colère.*

—◦•◊•◦—

SCÈNE II

Mme DELVIEUX , ÉMILIE.

ÉMILIE , *en se jetant dans les bras de Mme Delvieux.*

Oh ! ma chère Madame , ne jugez pas trop sévèrement Hortense.

Mme DELVIEUX.

Ma bonne Emilie, j'aime Hortense, elle n'aura donc pas en moi un juge trop sévère ; mais je croirais manquer à mes devoirs si je n'essayais point de réprimer un défaut qui finirait par la rendre malheureuse en lui faisant beaucoup d'ennemis et en desséchant son cœur.

ÉMILIE.

Oh ! vous y réussirez, j'en suis certaine. Lorsque nous étions toutes jeunes, Hortense a été un peu gâtée par notre bonne maman ; et Rose, la femme de chambre, me disait que c'était sans doute parce qu'elle ressemblait plus que moi à notre mère.

Mme DELVIEUX, *en tressaillant.*

Ah ! elle croyait cela, votre mère. Ma chère Emilie... vous n'aviez pas encore prononcé son nom devant moi. Elle est... morte peut-être ?

ÉMILIE, *avec tristesse.*

Hélas ! Madame, je ne sais.

Mme DELVIEUX.

Madame la comtesse d'Estival ne vous en parle jamais ?

ÉMILIE.

Non ; et quelque désir que j'en eusse, je n'ai jamais osé l'interroger à cet égard ; mais un jour Hortense demanda où étaient nos parents, pourquoi nous ne les voyions jamais ? oh ! alors, Madame....

Mme DELVIEUX, *d'un ton d'angoisse.*

Achevez.

ÉMILIE.

Notre bonne maman devint pâle comme une morte, et elle imposa silence à ma sœur d'un air si sévère, qu'Hortense, qui ne s'intimide pas aisément, en demeura pétrifiée.

Mme DELVIEUX.

Et que pensâtes-vous d'une telle défense ?

ÉMILIE.

Elle nous causa une peine bien amère. Moi je
voulais tâcher d'en pénétrer la cause en interrogeant
Rose, qui est au service de bonne maman depuis
vingt ans ; mais Hortense me fit comprendre que
j'aurais tort, et que d'ailleurs il était probable que
Rose refuserait aussi de nous répondre.

Mme DELVIEUX.

Et pensez-vous quelquefois à cette mère que vous
ne connaissez pas ?

ÉMILIE, *vivement.*

Tous les jours nous prions pour elle.

Mme DELVIEUX.

Mais vous ne désirez pas la voir ?

ÉMILIE.

Oh ! Madame, pouvez-vous le penser ! C'est là
notre désir le plus vif ; et Hortense, malgré la crainte
que nous inspire notre grand'mère, est bien décidée
à lui demander, le jour où elle aura atteint sa
seizième année, où sont nos parents, afin de leur
écrire et de les assurer de notre respect et de notre
attachement.

Mme DELVIEUX.

Voilà qui est bien, et je l'approuve.

ÉMILIE.

Oh ! Madame, Hortense a le meilleur cœur.

Mme DELVIEUX.

Moi, ma chère Emilie.... je connais votre mère.

ÉMILIE, *vivement, et en élevant la voix.*

Il se pourrait! Vous connaîtriez notre mère! Oh! où est-elle, Madame? pourquoi s'est-elle éloignée de ses enfants? Pense-t-elle à nous, du moins? Répondez, répondez-moi.

Mme DELVIEUX, *d'un air d'effroi.*

Silence!

———◦◦◇◦◦———

SCÈNE III

Les précédentes, Mme D'ESTIVAL.

Mme D'ESTIVAL.

Qu'a donc ma petite Emilie? Quelle agitation! quel feu! Hé bien, mon enfant, vous vous taisez. *Emilie baisse la tête avec tristesse.* Voilà qui m'étonne en vérité; j'étais habituée autrefois à rencontrer plus de docilité.

ÉMILIE, *avec timidité.*

Pour vous obéir, aujourd'hui, je serais forcée d'enfreindre des ordres plus anciens.

Mme D'ESTIVAL, *d'un air impatient.*

Ah! je n'aime pas les énigmes. Expliquez-vous.

ÉMILIE, *d'un ton fort bas.*

Je parlais de... notre mère.

Mme D'ESTIVAL, *en tressaillant.*

Ah! Et... que disiez-vous?

Mme Delvieux a détourné la tête afin de cacher son émotion.

ÉMILIE, *après avoir regardé Mme Delvieux.*

Madame connaît notre mère, et...

Mme D'ESTIVAL, *avec agitation.*

C'est bien ; laissez-nous, Emilie, allez trouver votre sœur. *Emilie sort, après avoir jeté un coup d'œil timide sur Mme Delvieux.*

—o<>o—

SCÈNE IV

Mme D'ESTIVAL, Mme DELVIEUX.

Mme D'ESTIVAL.

Je regrette, Madame, de ne pas vous avoir instruite plus tôt de mon désir que mes filles n'entendissent point parler de leurs parents. Lorsqu'elles seront plus âgées, je me réserve de leur apprendre moi-même les causes d'un pareil silence.

Mme DELVIEUX, *avec une émotion concentrée.*

Il suffit, Madame ; je me conformerai à vos intentions.

Mme D'ESTIVAL.

J'y compte.

Mme DELVIEUX, *en hésitant entre chaque mot.*

D'ailleurs, pour s'être attiré un traitement si rigoureux... il faut que madame votre fille vous ait donné de bien graves sujets de mécontentement.

Mme D'ESTIVAL.

Puisque vous connaissez Mme de Melcy, vous ne pouvez les ignorer. Malgré ma défense, malgré le

mépris que devait lui inspirer son coupable époux,
n'a-t-elle pas tout quitté pour le suivre?

Mme DELVIEUX.

Elle croyait, en agissant ainsi, remplir un devoir
sacré; plus elle avait à pardonner et plus cette
tâche lui paraissait impérieusement commandée.
Ah! Madame, si vous saviez tout ce qu'elle a souf-
fert! Votre cœur, je n'en doute pas, s'ouvrirait à
la pitié. Forcée de s'exiler loin de son pays, loin
de tout ce qui lui était cher, n'osant quitter un
instant son époux, qui avait conçu l'horrible dessein
d'attenter à ses jours, et que son humeur sombre
et inquiète portait à errer constamment d'une con-
trée à une autre; ce n'était pas tout encore, il
lui fallait lutter contre la plus affreuse misère; et
si vous joignez à cela, Madame, la terrible pensée
d'avoir perdu votre affection, vous conviendrez,
n'est-ce pas, qu'on ne peut être plus malheureuse?

Mme D'ESTIVAL, *qui a donné de nombreuses marques
d'agitation pendant que Mme Delvieux parlait.*

Quel peut être le but d'un tel discours? Ma fille
vous a-t-elle chargé de plaider sa cause?

Mme DELVIEUX.

Oh! non, Madame, non.

Mme D'ESTIVAL

Savez-vous où *ils* sont maintenant?

Mme DELVIEUX.

M. de Melcy est mort.

Mme D'ESTIVAL.

Oh! que Dieu fasse paix à son âme! mais je

crois qu'un tel homme doit en être réprouvé pour toujours.

Mme DELVIEUX.

Il est mort repentant, Madame.

Mme D'ESTIVAL.

Savez-vous où est maintenant ma... sa femme.

Mme DELVIEUX, *d'un ton fort bas.*

Je... voudrais vous le laisser ignorer encore.

Mme D'ESTIVAL.

Si Mme de Melcy vous a prise pour sa confidente, croyez bien qu'elle ne vous a pas tout dit. Je lui aurais pardonné peut être son départ; mais ce que je ne lui pardonnerai jamais....

Mme DELVIEUX.

Achevez, Madame, de grâce !

Mme D'ESTIVAL.

A quoi bon ?... En voilà assez sur ce sujet, et je vous serais obligée de n'y plus revenir.

Mme DELVIEUX, *baissant la tête avec accablement.*

Vous serez obéie.

Mme D'ESTIVAL, *à part.*

Quel trouble dans mon âme ! quels doutes viennent l'assaillir !... Se pourrait-il ?... Mais non, c'est de la folie. Un tel changement de traits, de voix même, est impossible.

Mme DELVIEUX, *de même.*

Que dit-elle ? Oh ! si elle allait pénétrer la vérité, sans doute je serais bannie d'ici à l'instant, loin de ma mère, loin de mes enfants; maintenant, je le sens, ah ! j'en mourrais !

Mme D'ESTIVAL.

Je vous laisse, Madame, me fiant à votre promesse de garder avec mes petites-filles le silence le
plus absolu sur cet entretien.

Mme DELVIEUX.

Soyez sans crainte, Madame, je n'y manquerai
point.

Mme D'ESTIVAL, *à part.*

Il faut que mes doutes s'éclaircissent.... Il le
faut, sans retard. *Elle sort.*

--◦◊◦--

SCÈNE V

Mme DELVIEUX, *seule.*

Imprudente!... qu'ai-je fait?... Où mon besoin
de me justifier m'a-t-il entraînée?... Ah! je tremble
d'y penser!... Elle pourrait peut-être me pardonner
mon départ, disait-elle; mais il est d'autres fautes
qu'elle ne me pardonnera jamais.... Qu'ai-je donc
fait qui pût mériter sa colère!... N'ai-je point vingt
fois sollicité ma grâce, sans que ma mère consentît
seulement à me répondre!... Ma misère, mes dou-
leurs que je lui dépeignais avec tant de force, rien
n'a pu la toucher; et cependant elle m'aimait tant
autrefois!...

--◦◊◦--

SCÈNE VI

Mme DELVIEUX, JEANNE.

JEANNE.

Eh bien! Madame, voilà que vous pleurez encore!

moi qui espérais que tous vos chagrins étaient finis!

Mme DELVIEUX.

Ah! ma bonne Jeanne, je crains, au contraire, qu'ils ne finissent jamais.

JEANNE.

Cependant vous êtes auprès de celle que vous chérissez tant!... Et vous me disiez souvent : Si je puis réussir à retourner auprès de ma mère et de mes enfants, n'importe à quel titre, je ne demanderai plus rien au Ciel.

Mme DELVIEUX.

Oui, tu as raison, et je suis peut-être ingrate; mais, Jeanne, j'ai été si longtemps malheureuse!.. Tant de craintes ont successivement bouleversé mon existence, que j'en entrevois toujours de nouveaux sujets.

JEANNE.

Dites-moi, Madame, puisque vous voilà sur ce chapitre, êtes-vous bien sûre que Melle Hortense et cette grande Anglaise n'ont pas quelques soupçons?

Mme DELVIEUX.

Non, ce n'est pas là ce que je redoute. Mais qui peut te faire croire?...

JEANNE.

Tout à l'heure, je les ai rencontrées dans le parc, elles parlaient bas; et je suis sûre de les avoir entendues prononcer votre nom; puis, aussitôt qu'elles m'ont aperçue, elles se sont mises à causer tout haut, et d'autres choses.

Mme DELVIEUX.

Hortense m'en veut un peu, je le crois; et, quant

à miss Wilson, elle me déteste ; mais ce n'est pas
là, Jeanne, ce qui me préoccupe.

JEANNE.

Qu'est-ce donc, Madame?... Pardonnez cette question à mon respectueux attachement.

Mme DELVIEUX.

Je vais te le dire.... mais je crois entendre quelqu'un venir, suis-moi dans mon appartement.

*Elles sortent par la porte du fond, et miss Wilson
et Hortense entrent sur le côté.*

—◦◦◇◦◦—

SCÈNE VII

HORTENSE, MISS WILSON.

MISS WILSON, *d'un ton joyeux.*

Ce sera *délicious*, miss Hortense ; oh ! *délicious!*...

HORTENSE, *riant.*

N'est-ce pas !... Et elle le mérite bien, pour m'a-
voir privée du plaisir de vous entendre.

MISS WILSON.

Avec cela que miss Emilie est sa *favourite.*

HORTENSE.

Et puis, il faut que je me venge de ses éternels
sermons sur mon génie pour la raillerie, puisque
cela m'amuse.

MISS WILSON.

Et vous avez raison. Quel mal y a-t-il?...

HORTENSE.

Pas plus tard que ce matin, tenez, miss Wilson,

je m'étais promis un plaisir réel d'une petite scène que j'avais préparée : eh bien, elle s'y est opposée. N'est-ce pas que c'est cruel ?.,..

MISS WILSON.

Cela n'a pas le sens *commune*.

HORTENSE, *à part*.

Pauvre fille ! elle ne se doute pas que c'était elle qui devait en faire les frais. *Haut*. Mais nous allons prendre notre revanche bientôt.

MISS WILSON.

C'est tout à fait *jouste*.

HORTENSE.

Pourvu seulement que Mariette joue bien son rôle. Elle n'est guère adroite.

MISS WILSON.

Vous *loui* avez si bien enseigné.

HORTENSE.

Convenez, miss Wilson, que je m'entends bien en mystifications.

MISS WILSON.

Oh ! *perfaitement ! perfaitement !*

HORTENSE, *à part*.

C'est presque toujours elle qui en est l'objet. *Haut*. Il est vrai que vous me secondez à merveille.

MISS WILSON, *d'un air satisfait*.

Oh ! vous me *flettez*, miss Hortense.

HORTENSE.

J'en suis incapable. Vrai, miss Wilson, quand

vous êtes de la partie, cela double mon plaisir.

MISS WILSON.

Il faut m'en mettre toujours.

HORTENSE.

Oh ! ce serait trop ; mais cela arrive souvent, je vous assure.

MISS WILSON.

Mme Delvieux ne vous aime pas.

HORTENSE, *d'un ton sérieux.*

Vous croyez ?

MISS WILSON.

J'en suis persuadée. Miss Emilie est tout pour elle.

HORTENSE, *d'un air pensif*

Au fait, Emilie vaut mieux que moi Cette chère enfant ; son cœur est si bon !

MISS WILSON.

Oui, elle est très-sentimentale.

HORTENSE, *avec feu.*

C'est le meilleur naturel. Mais aussi pourquoi aime-t-elle autant cette Mme Delvieux ?... Enfin, je saurai bientôt si l'attachement de cette dernière est aussi profond ; nous verrons un peu comment elle supportera cette épreuve. Il n'est pas facile de me tromper... L'heure avance, Mariette ne va pas tarder à arriver ; il faudrait tâcher d'attirer ici Mme Delvieux. Comment faire ?...

MISS WILSON.

Je m'en charge ; je lui dirai que vous voudriez

lui parler ; puis je resterai cachée dans le petit cabinet à côté, d'où je pourrai tout voir et tout entendre.

HORTENSE.

C'est cela, miss Wilson, je me repose sur vous.

Miss Wilson sort.

SCÈNE VIII

HORTENSE, *seule*.

Ah ! madame Delvieux, vous voulez me traiter comme une petite fille que l'on met à la porte lorsqu'elle n'est pas sage !... Et cela pour me punir d'une plaisanterie fort innocente, surtout si je la compare à celle que je vous prépare. Mais aussi pourquoi n'aime-t-elle qu'Emilie !... à ce que croit miss Wilson du moins ; car moi, il m'a semblé parfois qu'elle me regardait avec une expression de tendresse !... Mais non, c'est impossible, je n'ai jamais rien fait pour qu'elle m'aimât, et bientôt je crois qu'elle me détestera plutôt.... La voilà qui s'avance ; Jeanne est avec elle... Sans doute que miss Wilson est déjà à son poste.... Pourvu qu'Emilie ne revienne pas trop tôt, et que Mariette ne tarde pas....

SCÈNE IX

Mme DELVIEUX, HORTENSE, JEANNE.

Mme DELVIEUX.

Est-il vrai que vous me cherchiez, Hortense ?

HORTENSE.

Oui, Madame.

Mme DELVIEUX.

Qu'avez-vous à me dire ? Je vous écoute.

HORTENSE, *à part.*

Ma foi, je ne sais... *Haut.* J'aurais voulu, Madame, pouvoir être seule un instant avec vous.

Mme DELVIEUX, *d'un air de bonté.*

Oh ! alors je devine. *A Jeanne.* Laisse-nous, ma bonne.

Jeanne va pour se retirer ; on entend des cris.

Mme DELVIEUX.

Qu'est-ce donc ?...

HORTENSE, *à part.*

Je reconnais la voix de Mariette ; voici le moment.

SCÈNE X

Les précédentes, MARIETTE.

MARIETTE, *entrant d'un air effaré.*

Oh ! ciel ! quel malheur !... quel horrible malheur !... Madame !... Madame !... Mademoiselle !...

Mme DELVIEUX.

Qu'y a-t-il ?... qu'y a-t-il, ma petite ?...

MARIETTE.

Oh ! Madame !... oh ! Mademoiselle !...

HORTENSE.

Voyons, explique-toi donc.... Tu es insupportable.

MARIETTE.

Je ne pourrai jamais.... Melle Émilie !...

Mme DELVIEUX, *dans le plus grand trouble.*

Achève donc, malheureuse enfant.... Émilie,
que lui est-il arrivé ?

MARIETTE.

Un taureau ! un taureau furieux !...

Mme DELVIEUX.

Grand Dieu !...

MARIETTE.

Il a couru après elle, il l'a renversée... et puis...

Mme DELVIEUX, *avec un grand cri.*

Ah ! ma fille !...

Elle tombe dans les bras de Jeanne.

HORTENSE, *s'avançant précipitamment.*

Oh ! ciel ! qu'a-t-elle dit ?... Jeanne ! Jeanne !
l'as-tu entendu ?...

JEANNE.

Pauvre Dame !... Ma chère maîtresse !... Ah ! elle
va mourir !... Elle va mourir !...

HORTENSE.

Jeanne, mais elle a dit sa fille !...

JEANNE.

Ma bonne maîtresse, revenez à vous... Ah ! Dieu
ne voudra pas sans doute vous enlever votre enfant !..
Madame !... Madame !...

HORTENSE, *portant les deux mains à son front.*

Est-ce que je rêve donc?... Quoi! Jeanne aussi!...
Il se pourrait!...

JEANNE.

Ah.! si elle allait mourir! Melle Hortense, voyez
comme elle est pâle. Mais c'est que vous ne savez
pas, vous ne savez pas . vous!

HORTENSE.

Oh! achève! Jeanne, que disais-tu? Mme Delvieux....

JEANNE.

C'est.. c'est... votre mère.

HORTENSE.

Ah! malheureuse! qu'ai-je fait! *Elle se jette aux
genoux de Mme Delvieux que Jeanne a déposée sur
une chaise, et l'entoure de ses bras.* Ma mère, ma
mère! pardonne-moi. Ton Emilie, la seule de tes
filles qui soit digne de ta tendresse, elle te sera rendue... elle n'a couru aucun danger... Ma mère! ma
mère!

JEANNE.

Que dites vous, Melle Emilie?

HORTENSE.

C'est moi qui ai eu la coupable pensée d'inventer
cette histoire.... Ma mère, m'entendez-vous?

Mme DELVIEUX, *d'une voix faible.*

Emilie! Emilie! Où est elle? Ah! malheureuse!

HORTENSE.

Elle va venir. Mariette! Jeanne, courez chercher

Emilie partout ; il faut qu'elle la voie. Allez, ah ! allez donc. *Elles sortent toutes les deux.*

Mme DELVIEUX, *portant ses deux mains sur son cœur.*

Je souffre ! Emilie ! Où est Emilie ?

HORTENSE.

Elle va arriver dans l'instant ; ma mère, dites à votre repentante Hortense que vous lui pardonnez.

Me DELVIEUX, *faisant un mouvement pour se lever.*

Sa mère ! Que dit-elle ? Grand Dieu !

HORTENSE.

Oui, Jeanne m'a tout appris.

Mme DELVIEUX, *avec effroi.*

Tais-toi ! tais-toi !

HORTENSE, *avec douleur.*

Ah ! vous me reniez pour votre fille, n'est-ce pas ?

Mme DELVIEUX.

Mais Emilie, ce taureau... Oh ! oui, je me rappelle..

HORTENSE.

Oubliez, oubliez p'utôt. Ah ! grâce au ciel, j'entends Emilie.

—◦◦◦◦◦—

SCÈNE XI

Les précédentes, ÉMILIE, JEANNE.

ÉMILIE.

Ah ! je n'ose le croire encore, Jeanne, ne me trompes-tu pas ?

JEANNE.

Hé non, venez, venez vite !

Mme DELVIEUX, *apercevant Emilie.*

Mon Emilie ! ma fille !

ÉMILIE, *se jetant dans ses bras.*

Mais c'est donc vrai ?

Mme DELVIEUX.

Hé bien oui, puisque ma douleur m'a trahie, enfants, je suis votre mère. *Elle regarde Hortense qui demeure à l'écart et la tête baissée.* Je n'ai donc qu'une fille ? l'autre refuse de me reconnaître.

ÉMILIE.

Oh ! Hortense, toi qui désirais si vivement voir notre mère.

HORTENSE, *venant se je'er aux pieds de* Mme *Delrieux.*

J'attends qu'elle prononce mon arrêt.

Mme DELVIEUX.

Que dit-elle ?

HORTENSE.

Jeanne, vous qui savez tout, parlez pour moi.

JEANNE.

Melle Emilie n'a couru aucun danger, Madame, je l'ai trouvée se promenant tranquillement dans le parc, où elle attendait Melle Hortense, qui lui avait promis de venir l'y trouver.

Mme DELVIEUX.

Quoi ! ce taureau furieux ?

ÉMILIE, *avec étonnement.*

Un taureau ?

HORTENSE.

Grâce , ma mère !

Mme DELVIEUX.

Se peut-il , Hortense, que vous ayez conçu la pensée de déchirer ainsi mon cœur ?

HORTENSE.

Je ne savais pas alors.... C'est égal , ma conduite est inexcusable , je le sens ; mais quelle affreuse punition , si elle doit me ravir pour toujours votre tendresse !

ÉMILIE.

Que dis-tu ? Une telle chose est-elle possible ?

Mme DELVIEUX.

Voyez , mon enfant , où vous avait entraîné votre dangereux penchant.... Oui , telle est la marche que suivent toujours ceux qui ont contracté la funeste habitude de sacrifier la bonté du cœur au brillant de l'esprit. Rien ne les arrête ; les sentiments les plus doux , les plus sacrés , sont un jeu pour eux. Ils commencent par n'être que plaisants , ils finissent par devenir cruels.

HORTENSE.

Oh ! ma mère, la leçon que je viens de recevoir me corrigera pour toujours.

Mme DELVIEUX.

Je le désire, ma fille ; croyez-moi , mieux vaut être aimé que craint ; le monde veut se venger à

5

son tour de ceux dont il a dû subir les railleries si souvent amères, et il ne leur pardonne jamais.

HORTENSE.

Ainsi vous me refusez ma grâce ?

Mme DELVIEUX.

J'ai dit que le monde était impitoyable ; mais moi, je suis ta mère.

HORTENSE, *s'avançant vivement vers Mme Delvieux qui l'embrasse.*

Oh ! merci, merci, ma mère !

Mme DELVIEUX.

Hélas ! mes amies, il faudra maintenant nous séparer.

HORTENSE *et* ÉMILIE.

Que dites-vous ? Nous séparer !

Mme DELVIEUX.

Inconnue, je pouvais rester ici ; mais à présent...

ÉMILIE, *vivement.*

Nous seules connaissons ce secret.

JEANNE.

Et Mariette.

HORTENSE, *tristement.*

Il serait facile de lui imposer silence, ou plutôt de lui faire croire qu'elle s'est trompée ; mais miss Wilson, qui était dans ce cabinet, a dû tout entendre ! *Mme Delvieux et Emilie baissent la tête avec accablement.*

JEANNE.

Voici Mme la comtesse.

ÉMILIE.

Courons nous jeter à ses pieds.

Mme DELVIEUX.

Non, mes amies, laissez-moi seule avec elle. Vous viendrez lorsque je vous appellerai, soit pour recevoir mes adieux, soit pour partager mon bonheur.

HORTENSE, *à Emilie.*

Viens.

ÉMILIE.

Nous allons prier Dieu pour vous. *Mme Delvieux embrasse ses deux filles qui sortent en même temps que Jeanne.*

——◦◦◦◦——

SCÈNE XII

Mme D'ESTIVAL, Mme DELVIEUX. *Mme d'Estival tient une lettre en main.*

Mme DELVIEUX, *à part.*

Est-elle instruite? Miss Wilson a-t-elle déjà parlé?

Mme D'ESTIVAL.

Je viens de recevoir, Madame, une lettre dont je vous serai obligée de me donner l'explication.

Mme DELVIEUX, *à part.*

Elle ne sait rien encore. *Haut.* Je suis prête, Madame. Cette lettre....

Mme D'ESTIVAL.

Cette lettre est d'une amie dont je vous ai déjà parlé, et qui m'avait donné les renseignements les plus favorables sur Mme Delvieux. Elle m'écrit aujourd'hui que cette dame n'a point quitté Saintes, et j'attends que vous vouliez bien me faire connaître la personne qui s'est présentée chez moi sous ce nom.

Mme DELVIEUX , *d'un ton fort ému.*

Si votre cœur ne vous en a point avertie, je n'ai plus qu'à m'éloigner pour toujours.

Mme D'ESTIVAL , *avec beaucoup d'agitation.*

Ainsi, après treize années de silence et d'abandon, vous vous êtes donc rappelé que vous aviez des enfants et une mère?

Mme DELVIEUX , *vivement.*

D'abandon !... de silence !... qu'avez-vous dit? Grand Dieu! lorsque toutes mes lettres sont restées sans réponse, lorsque les plus vives, les plus pressantes sollicitations de ma part n'ont pu obtenir de vous une ligne, un mot !

Mme D'ESTIVAL.

Qu'entends-je !... Vous m'avez écrit ?

Mme DELVIEUX.

Si je vous ai écrit, ma mère? mais plus de vingt lettres !

Mme D'ESTIVAL.

A l'exception de celle que vous laissâtes sur votre table en partant, aucune ne m'est parvenue.

Mme DELVIEUX , *levant les yeux au ciel.*

Mon Dieu! j'avais eu déjà beaucoup à lui pardonner; faites que cette fois encore j'en aie la force.

Mᵐᵉ D'ESTIVAL.

Aurélie, que dites-vous ?

Mᵐᵉ DELVIEUX.

Qu'il faut qu'on ait soustrait mes lettres.

Mᵐᵉ D'ESTIVAL, *avec force.*

Qui aurait eu cette audace ?

Mᵐᵉ DELVIEUX.

Paix à son âme, ma mère, vous l'avez dit vous-
même ; il est mort !

Mᵐᵉ D'ESTIVAL.

Mais quel était son but ? le malheureux !

Mᵐᵉ DELVIEUX.

Je l'ignore ! à moins toutefois qu'il n'ait craint
que je ne l'abandonnasse si vous me receviez en
grâce.

Mᵐᵉ D'ESTIVAL.

Oui, cela se peut. Mais comprenez-vous, Aurélie, ce que votre silence avait de blessant pour mon
cœur ?

Mᵐᵉ DELVIEUX.

Ah ! j'en puis juger par ce que souffrait le mien.

Mᵐᵉ D'ESTIVAL.

Que tout soit oublié, ma fille, ma pauvre enfant !
J'ai poussé, je le crains, trop loin le ressentiment,
mais je t'aimais toujours.

Mᵐᵉ DELVIEUX.

Ah ! ce seul mot rachète toutes mes souffrances.

SCÈNE XIII° ET DRNIÈRE

Les précédentes., HORTENSE, ÉMILIE, JEANNE.

HORTENSE, *avançant la tête d'un air timide.*

Nous est-il permis d'entrer ? l'incertitude est si pénible !

Mme DELVIEUX.

Oui, mes enfants, venez joindre vos remercîments à ceux de votre heureuse mère. *Elles s'avancent rapidement.*

Mme D'ESTIVAL.

Comment ! elles savaient ?...

Mme DELVIEUX.

Un incident....

HORTENSE.

Dites plutôt ; ma mère, une leçon que n'oubliera jamais votre Hortense.

L'ÉPREUVE

COMÉDIE EN UN ACTE

PERSONNAGES :

Mme DE SURGIS.
Mme DORMEUIL.
CLAIRE,
ZÉLIE,
ARMANDE,
LÉONTINE,
} ses filles.
GENEVIÈVE, femme de chambre de Mme de Surgis.
CAROLINE,
LOUISE,
} amies des demoiselles Dormeuil.
ROSE, paysanne.
FÉLICITÉ, domestique de Mme Dormeuil.

La scène se passe à la campagne près de Paris.
Le théâtre représente un salon.

L'ÉPREUVE

COMÉDIE EN UN ACTE.

—◦—

SCÈNE PREMIÈRE

Mᵐᵉ DORMEUIL, CLAIRE, ZÉLIE, ARMANDE.

Mᵐᵉ DORMEUIL ; *elle tient une lettre.*

Encore une demi-heure d'attente, et Mᵐᵉ de Surgis sera ici.

CLAIRE.

Je suis sûre, ma mère, que vous connaissez cette lettre par cœur; vous l'avez lue si souvent!

ZÉLIE.

Quant à moi, je ne me lasserais jamais de l'entendre.

ARMANDE.

Elle nous annonce une si heureuse nouvelle!

Mᵐᵉ DORMEUIL.

Elle a diminué les craintes que m'inspirait votre avenir. Mᵐᵉ de Surgis, riche veuve sans enfants, m'annonce qu'elle veut adopter l'une de vous pour sa fille et lui laisser toute sa fortune.

ZÉLIE, *à part.*

Si ce pouvait être moi!

ARMANDE, *de même.*

Ce sera moi.

CLAIRE, *de même.*

Cela me revient de droit, puisque je suis l'aînée.

Mᵐᵉ DORMEUIL.

Cette chère cousine!... je reconnais bien là son
bon cœur. Eloignée de sa patrie, de sa famille,
depuis tant d'années, elle eût pu se choisir une
héritière parmi les étrangers au milieu desquels
elle vivait, et qui auront sans doute cherché à la
retenir; mais non, elle m'écrit que le temps,
l'éloignement n'ont pu briser les liens de parenté
qui nous unissent; et c'est ici qu'elle veut terminer
sa carrière; c'est parmi nous qu'elle veut trouver
l'enfant que le Ciel lui a refusé.

ZÉLIE.

Puisqu'il y a trente ans qu'elle est partie, maman, vous devez à peine vous la rappeler.

Mᵐᵉ DORMEUIL.

J'étais fort jeune, il est vrai; mais c'est égal, il
me semble la voir encore.

ARMANDE.

Vous ne nous aviez jamais parlé d'elle.

Mᵐᵉ DORMEUIL, *vivement.*

N'allez pas lui dire cela, au moins.

ARMANDE.

Oh! soyez tranquille.

CLAIRE, *à part et se regardant dans une glace.*

J'ai bien soigné ma toilette; il est essentiel de
plaire d'abord aux yeux.

ZÉLIE, *de même.*

Ayant longtemps aimé l'Italie, ma cousine doit
aimer la musique; j'ai repassé mes plus jolis mor-
ceaux, et je suis sûre qu'elle sera satisfaite de mon
exécution.

ARMANDE, *de même.*

Ma cousine est âgée, elle doit donc aimer la
bonne chère; j'aurai soin de ne pas lui laisser
ignorer que c'est moi qui ai commandé le dîner et
veillé à ce que tout fût bon.

Mme DORMEUIL.

Mais où donc est Léontine?

CLAIRE.

Elle court dans le jardin, je gage, au lieu d'aller
s'habiller.

ZÉLIE.

Cette petite fille ne songe qu'à s'amuser.

Mme DORMEUIL.

Il faut la prévenir que l'heure de l'arrivée de
Mme de Surgis est proche. Qui d'entre vous se
chargera de ce soin?

CLAIRE.

Je vous prie de m'excuser, ma mère, mais j'ai à
faire chez moi.

ZÉLIE.

Je n'ai pas encore ouvert mon piano de la journée.

ARMANDE.

Il faut que je me rende à la cuisine pour juger
par moi-même si Félicité soigne bien le dîner.

SCÈNE II

Les précédentes, LÉONTINE.

Elle paraît tout essoufflée, et jette son chapeau sur une chaise.

LÉONTINE.

Ah ! comme j'ai couru !

Mme DORMEUIL, *d'un ton un peu sévère.*

Mais d'où venez-vous donc, mademoiselle ? Voyez ce teint échauffé, ces cheveux en désordre !... En vérité, Léontine, vous me désolez.

LÉONTINE.

Pardon, ma bonne mère, c'est que....

Mme DORMEUIL.

Avez-vous donc oublié que Mme de Surgis peut arriver d'un instant à l'autre ?

LÉONTINE.

Non vraiment ; mais....

CLAIRE.

Quelle toilette négligée !... Et cette robe couverte de poussière.... Si notre cousine vous voyait ainsi, elle aurait de vous une excellente opinion...

LÉONTINE.-

Mais il est probable qu'elle ne me remarquerait seulement pas.

CLAIRE, *vivement.*

N'entends-je pas le bruit d'une voiture ?
Tout le monde paraît écouter.

ZÉLIE.

Mais, oui, vraiment, ce doit être Mme de Surgis.
Ah ! quel bonheur !

Mme DORMEUIL.

Il nous faut aller au devant d'elle. *Elles se diri-*
gent toutes vers la porte, excepté Léontine.

LÉONTINE, *cherchant à retenir Mme Dormeuil.*

Chère maman, un seul mot, je vous en prie.

Mme DORMEUIL.

Mais laisse-moi donc. *Elle la repousse.*

LÉONTINE, *d'un ton suppliant.*

Je ne vous retiendrai qu'un instant.

Mme DORMEUIL.

Ah ! vous m'impatientez, Léontine.

— ◦✧◦ —

SCÈNE III

LÉONTINE *seule*, *puis* ROSE.

Impossible de prévenir maman ; et cependant
cette pauvre femme est là qui attend une réponse.
Que faire ? Si j'osais la faire entrer, lui donner
quelques rafraîchissements. Elle paraît si malheureuse !

ROSE, *avançant un peu la tête.*

Hé bien ! Mamzelle, mamzelle Léontine ?

LÉONTINE.

Je n'ai pu demander à ma mère la permission de

laisser cette pauvre étrangère passer ici la nuit, et
je ne sais en vérité que faire, Rose.

ROSE.

Bah! Mamzelle, osez toujours ; Mme Dormeuil est
bonne, elle vous permettra, j'en suis sûre.

LÉONTINE.

Oh! tu as raison, ma mère est bonne, et dans
un tout autre moment je ne craindrais guère un
refus ; mais l'arrivée de notre cousine bouleverse
toute la maison, et je crains, vois-tu....

ROSE.

Je vais donc dire à cette pauvre femme qu'elle
doit chercher un gîte ailleurs, Mamzelle?

LÉONTINE.

Oh! non, attends. Après tout je pourrai disposer
de ma chambre, et j'en serai quitte pour ne pas
me coucher, si on ne peut loger ailleurs cette
pauvre étrangère. Mais il y aurait de la cruauté,
n'est-ce pas, Rose, à lui laisser faire encore deux
lieues dans l'état où elle est.

ROSE.

Dame! c'est mon avis, Mamzelle ; d'abord il est
certain qu'elle ne pourrait pas.

LÉONTINE.

Je me suis quelquefois exposée à être grondée
pour des fautes, je peux courir le même risque
pour une bonne action.

ROSE.

Je vas donc la chercher.

LÉONTINE

Est-elle loin d'ici ?

ROSE.

Elle est à la porte.

LÉONTINE.

Eh ! que ne le disais-tu plus tôt ? *Elle sort rapidement et revient presque aussitôt.*

—◦◦◇◦◦—

SCÈNE IV

Mme DE SURGIS, LÉONTINE, ROSE. *Mme de Surgis est fort pauvrement vêtue.*

LÉONTINE.

Appuyez-vous donc sur mon bras.

Mme DE SURGIS.

Je puis marcher encore.

LÉONTINE.

Cependant vous paraissez être si fatiguée.

Mme DE SURGIS.

J'ai fait un long voyage.

ROSE.

A pieds ?

Mme DE SURGIS.

Oh ! pas toujours.

LÉONTINE.

Et ces indignes voleurs vous ont dépouillée de tout ce que vous aviez ?

Mme DE SURGIS.

De tout ; ils ne m'ont laissé que les habits que

je porte ; mais mon argent, mes marchandises, ils
me les ont enlevés.

ROSE.

Faut-il être brigands !

LÉONTINE.

Mais aussi savez-vous que vous étiez bien imprudente de voyager ainsi seule ?

Mme DE SURGIS.

Voilà vingt-cinq ans que je faisais ainsi mon petit
commerce, et il ne m'était jamais arrivé un pareil
malheur.

LÉONTINE.

Et maintenant-vous voilà ruinée ?

Mme DE SURGIS.

Complètement.

LÉONTINE.

Ah ! que je voudrais être riche comme ma
cousine !

Mme DE SURGIS,

Vous avez une parente fort riche !

ROSE.

Je le crois bien ; Melle Armande dit comme cela
qu'elle est... comment donc ?... Ah ! oui, voilà que
j'y suis, elle est visionnaire.

LÉONTINE., *en riant.*

Visionnaire ! mais, ma pauvre Rose, tu te trompes,
et c'est millionnaire que tu veux dire.

ROSE,

Bah ! Mamzelle, je ne trouve pas qu'il y ait une

bien grande différence. Toujours est-il que cette
dame va emmener l'une de ces demoiselles, qui
sera très-heureuse, qui aura des robes brodées en
or et qui ira en voiture toute la-journée.

LÉONTINE, *riant.*

Oh ! la petite bavarde !

ROSE.

Savez-vous bien, mamzelle Léontine, que votre
cousine pourrait bien n'être pas trop contente de
vous ?

LÉONTINE.

Pourquoi donc ?

ROSE.

De ce que vous n'êtes pas allée au-devant d'elle ;
dame ! ce n'est pas joli.

LÉONTINE.

J'espère ne jamais manquer de politesse envers
ma cousine ; mais aussi je ne désire nullement
qu'elle me préfère à mes sœurs. *Rose salue Léontine et sort.*

Mᵐᵉ DE SURGIS, *vivement.*

Comment ! si son choix tombait sur vous ?

LÉONTINE.

J'en serais plus peinée que flattée, puisqu'il me
faudrait quitter ma bonne mère, que j'aime si tendrement, pour suivre une parenté que je ne connais
pas et à qui il me serait peut-être pénible de devoir
de la reconnaissance.

Mᵐᵉ DE SURGIS.

Cependant si votre cousine est si riche...

6

LÉONTINE.

Qu'importe ! j'aime mieux que ce soit l'une de
mes sœurs qui en profite, et rester ici.

Mᵐᵉ DE SURGIS.

Mais tout à l'heure pourtant vous regrettiez de ne
point avoir de fortune.

LÉONTINE.

Ah ! c'est vrai ; lorsqu'on est riche on peut faire
du bien ; l'on n'est pas forcé, comme cela m'arrive
quelquefois, de refuser des secours aux malheureux
qui vous implorent : ce doit être un bien grand bonheur. Mais à quoi bon songer à cela, je n'ai aucune
chance d'être choisie par ma cousine, et il n'est
pas douteux que l'une de mes sœurs obtienne la
préférence, car sous tous les rapports elles sont
mieux que moi.

— ◦◦◦◦◦ —

SCÈNE V

Les précédentes, CLAIRE, ARMANDE, ZÉLIE.

CLAIRE.

La belle voiture ! Quelle riche livrée !

ZÉLIE.

Comme notre cousine a l'air noble !

ARMANDE.

C'est à moi qu'elle a parlé le plus longtemps.

CLAIRE.

Oh ! quant à cela, tu te flattes, ma chère.

LÉONTINE.

Mᵐᵉ de Surgis est donc arrivée ?

ZÉLIE.

Notre mère l'a conduite dans son appartement où elle désire se reposer pendant quelques instants.

CLAIRE.

Elle veut sans doute changer sa toilette de voyage. *Apercevant Mᵐᵉ de Surgis.* Qui est cette femme ?

LÉONTINE, *avec un peu d'embarras.*

Madame est venue nous prier de lui accorder l'hospitalité pour quelques heures. Elle voyage pour son commerce, et ce matin des malfaiteurs l'ont dépouillée de tout ce qu'elle possédait.

ARMANDE.

Voilà une histoire bien peu vraisemblable, et en tous cas notre maison n'est pas une auberge.

Mᵐᵉ DE SURGIS.

Pardon, Mesdemoiselles ; mais j'étais si fatiguée, si souffrante, qu'il m'eût été presque impossible de faire un pas de plus.

CLAIRE.

Il nous est cependant impossible de vous recevoir dans ce moment, Madame ; notre demeure suffit à peine pour loger Mᵐᵉ de Surgis et son nombreux domestique.

LÉONTINE.

Mais je pourrais partager ma chambre avec...

CLAIRE.

Etes-vous folle ?

LÉONTINE.

Notre mère en jugera ; elle seule ici a le droit de décider, et je vais sur-le-champ la trouver.

Mme DE SURGIS.

Non, Mademoiselle, je vais me retirer. J'avais
cru jusqu'ici que la vieillesse, la souffrance, le malheur étaient des titres suffisants pour inspirer la
pitié, vos sœurs m'ont appris le contraire.

LÉONTINE.

Oh ! Madame, ne croyez pas...

ZÉLIE.

Tais-toi donc, voici Mme de Surgis avec notre
mère.

———◦◇◦———

SCÈNE VI

Les précédentes, Mme DORMEUIL, GENEVIÈVE. *Geneviève
est fort élégamment vêtue.*

Mme DORMEUIL, *prenant la main de Léontine
et s'adressant à Geneviève.*

Permettez-moi, ma cousine, de vous présenter la
plus jeune de mes filles. *Léontine salue.*

GENEVIÈVE.

Elle n'est pas mal, cette enfant.

Mme DORMEUIL.

Elle s'efforcera, ainsi que ses sœurs et moi, de
vous rendre le séjour de notre maison agréable.

GENEVIÈVE.

Je l'espère bien ainsi.

LÉONTINE, *à part.*

Ma cousine ne me plaît pas du tout.

ARMANDE, *de même.*

Comme une grande fortune vous donne de l'aplomb !

LÉONTINE, *bas à Mme Dormeuil.*

Maman, je voudrais vous dire quelques mots en particulier.

Mme DORMEUIL.

Impossible dans le moment.

Mme DE SURGIS, *bas à Léontine.*

Je vais partir... Adieu, Mademoiselle.

LÉONTINE.

Oh ! pas encore, je vous en prie. *Elle va prendre la main de Mme Dormeuil.* Ma chère maman, ne me refusez pas, une minute seulement.

Mme DORMEUIL.

Mais qu'est-ce donc ?... Que me veux tu ?...

LÉONTINE.

Je vous le dirai. *Elle entraîne sa mère.*

—◦◊◦—

SCÈNE VII

Les mêmes, excepté Mme Dormeuil et Léontine. Armande, Claire et Zélie entourent Geneviève, tandis que Mme de Surgis reste seule à l'écart.

CLAIRE.

Vous devez être bien fatiguée, ma cousine !

GENEVIÈVE.

Moi ! pas du tout.

ARMANDE.

Cependant, après un si long voyage.

GENEVIÈVE.

Comment! un si long voyage, de Paris ici!... Mais
il n'y a pas dix lieues!... J'en ai vu bien d'autres,
mes petites.

ARMANDE.

Oh! sans doute, quand on a parcouru comme
vous l'Allemagne, la Suisse, l'Italie,

GENEVIÈVE.

Sans compter le Limousin; car j'y suis née, moi,
dans le Limousin, c'est mon pays. Vous ne saviez
pas cela, peut-être?

CLAIRE.

Oh! si, nous le savons, ma mère nous a parlé de
vous bien souvent.

GENEVIÈVE.

Elle était trop bonne.

ZÉLIE.

Aussi, vous l'avez vu, elle vous a reconnue de
suite, vos traits n'ont point changé.

GENEVIÈVE.

Il est certain qu'elle m'a appelée à l'instant par
mon nom. *Regardant Mme de Surgis.* Est-ce que
Madame est de la famille?

CLAIRE, *se retournant.*

Comment, cette femme est encore là!...

Mme DE SURGIS, *d'un air humble.*

Pardon, Mademoiselle, mais...

ARMANDE.

Ah! voilà qui est intolérable!... Imaginez-vous, ma cousine, que c'est cette petite étourdie de Léontine qui a introduit, sans nous en prévenir, cette femme que nous ne connaissons nullement, et qui lui a fait je ne sais quelle histoire de voleurs....

GENEVIÈVE, *avec effroi.*

Des voleurs!... Est-ce qu'il y en a dans le pays?

ZÉLIE, *vivement.*

Mais non, soyez sans crainte, ce n'est qu'une fable inventée pour intéresser notre crédule sœur.

GENEVIÈVE.

C'est que s'il y avait des voleurs, je pars à l'instant, moi.

CLAIRE.

Oh! rassurez-vous, ma cousine. *S'adressant à* Mme *de Surgis.* Et j'espère, Madame, que vous allez avouer, sans délai, la fausseté de votre récit; vous voyez d'ailleurs qu'il ne vous servira pas à grand'chose.

Mme DE SURGIS.

Je ne puis vous forcer à me croire; mais j'espérais que mon âge et ma faiblesse plaideraient en ma faveur.

SCÈNE VIII

Les précédentes, FÉLICITÉ.

FÉLICITÉ.

Le dîner est sur la table.

CLAIRE, *à part.*

L'imbécille !

ARMANDE, *de même.*

Je lui avais tant recommandé de dire : « Madame est servie. »

FÉLICITÉ.

Vous l'avez entendu, Mesdemoiselles : la soupe est sur la table.

ZÉLIE, *avec impatience.*

Eh oui, c'est bien.

FÉLICITÉ.

Dame, on ne me répond pas, faut bien que je répète.

CLAIRE.

Où est donc notre mère ?

FÉLICITÉ.

Dans la cuisine, avec mamzelle Léontine qui pleure.

Mᵐᵉ DE SURGIS, *vivement.*

Elle pleure !...

FÉLICITÉ.

Et c'est à cause de vous, bonne femme.

Mᵐᵉ DE SURGIS.

De moi ?...

FÉLICITÉ.

Madame veut vous mettre dehors.

Mᵐᵉ DE SURGIS.

Ah ! elle aussi ?...

CLAIRE.

J'imagine que c'est là ce que vous attendez,

Madame, et que nous ne devrons plus vous le répéter ?

GENEVIÈVE, *vivement.*

Comment ! on veut vous mettre à la porte !... Ah bien ! par exemple, je ne le souffrirai pas.

ARMANDE.

Que dites-vous, ma cousine ?

GENEVIÈVE.

Qu'il faut que vous soyez bien....

Mme DE SURGIS, *l'interrompant.*

Je ne veux pas que l'on intercède pour moi.

ARMANDE.

Ah ! c'est ainsi que vous reconnaissez la bonté de ma cousine ?... Mais, en vérité, c'est trop longtemps nous occuper d'une... intrigante peut-être. Ma cousine, oserais-je vous offrir mon bras ?

CLAIRE, *vivement.*

En l'absence de ma mère, c'est à moi, comme étant l'aînée, que revient cet honneur. *Elle présente son bras à Geneviève.*

GENEVIÈVE, *regardant Mme de Surgis.*

Mais.... je ne sais....

Mme DE SURGIS.

Pouvez-vous hésiter ?...

ZÉLIE, *à Félicité.*

Veillez sur cette femme jusqu'à ce qu'elle soit partie.

FÉLICITÉ.

Soyez tranquille, je vais l'expédier.

7

SCÈNE IX

Mme DE SURGIS, FÉLICITÉ, *puis* LÉONTINE.

FÉLICITÉ.

Allons, il faut décamper sans retard!... J'ai besoin à ma cuisine, moi.... Et mon rôti qui pourrait brûler...

Mme DE SURGIS.

Un instant, ma bonne.

FÉLICITÉ.

Pas une seconde.

Léontine paraît, elle s'avance d'un air triste.

LÉONTINE.

Laissez-nous, Félicité.

FÉLICITÉ.

A la bonne heure, si vous êtes là, cela ne me regarde plus. *Elle sort.*

LÉONTINE.

Madame....

Mme DE SURGIS.

Je sais ce que vous venez m'annoncer, Mademoiselle; Madame votre mère ne veut point permettre que je trouve ici un asile pour cette nuit.

LÉONTINE.

Ah! sans cette malheureuse arrivée de ma cousine, ma mère qui est toujours si bonne.... mais....

Mme DE SURGIS.

Achevez!...

LÉONTINE.

Elle craint de la mécontenter.

Mme DE SURGIS.

En se montrant compatissante ?... Cela n'est guère honorable pour le caractère de votre parente.

LÉONTINE , *vivement*.

Oh ! moi d'abord je ne l'aime pas ; je lui trouve tout à la fois l'air commun et orgueilleux ; puis, depuis qu'il est question de son arrivée ici, je ne reconnais plus ni ma mère ni mes sœurs.

Mme DE SURGIS.

C'est, ma chère demoiselle , que la fortune est la pierre de touche de presque tous les cœurs. Vous seule ici ne croyez pas devoir l'encenser et n'avez pas craint de me montrer quelque pitié.

LÉONTINE.

Hélas ! mon pouvoir est si borné, que cette pitié est tout à fait stérile ! mais , du moins, Madame, acceptez cet argent. *Elle lui présente une petite bourse.* La somme est bien faible , mais.... c'est tout ce que je possède.

Mme DE SURGIS.

Je l'accepte avec reconnaissance ; peut-être un jour pourrai-je vous la rendre.

LÉONTINE.

Oh! gardez-la toujours, je n'en ai nul besoin.

Mme DE SURGIS.

Je ne la prends qu'à titre de prêt.

SCÈNE X

Les précédentes, ROSE.

ROSE.

Eh bien, Mamzelle, c'est arrangé ; j'étais bien sûre, moi, que Mme Dormeuil ne vous refuserait pas.

LÉONTINE.

Tu te trompes, Rose.

ROSE.

Comment ?

Mme DE SURGIS.

On me chasse !

LÉONTINE.

Oh ! Madame !...

Mme DE SURGIS, *à Rose.*

Pouvez-vous, mon enfant, me recevoir dans votre chaumière ?

ROSE.

Ma foi, oui, Madame ; mais vous n'y serez guère bien.

Mme DE SURGIS.

La nuit approche, et je ne saurais aller plus loin. *A Léontine.* Adieu, Mademoiselle, je n'oublierai jamais ce que vous avez fait pour moi.

LÉONTINE.

Hélas ! c'est bien peu, et je voudrais être à la place de Rose. *Elles sortent.*

SCÈNE XI

CLAIRE, ARMANDE, ZÉLIE, CAROLINE, LOUISA.

CLAIRE, *à Caroline et à Louisa.*

C'est très-aimable à vous, mes chères amies, d'être venues passer la soirée avec nous.

CAROLINE.

S'il faut parler franchement, nous étions un peu curieuses de voir votre cousine.

LOUISA.

Sa voiture a passé devant notre porte, aussi nous ne pouvions douter qu'elle ne fût arrivée.

ZÉLIE.

Vous verrez qu'il est impossible d'être plus aimable que Mme de Surgis.

ARMANDE.

Elle s'exprime avez une grâce.

ZÉLIE.

Elle me fait de grands compliments sur mon talent pour la musique.

CLAIRE.

Ah ! tu peux te vanter de l'avoir complètement endormie.

ZÉLIE, *d'un air de dépit.*

Par exemple !... endormie !...

CLAIRE.

Demande à Armande.

ZÉLIE.

Sais-tu ce que ma cousine a dit en te regardant ?

CLAIRE, *avec hauteur.*

Qu'aurait-elle pu dire ?

ZÉLIE, *en riant.*

Qu'elle te plaignait sincèrement de chercher à t'amincir autant la taille, ce qu'évidemment tu n'obtiens qu'avec beaucoup de souffrances, car elle est naturellement épaisse.

Caroline et Louisa rient

CLAIRE.

Ma cousine n'a pu dire cela, et je n'en crois pas un mot.

ZÉLIE.

Hé bien, demande à Armande.

ARMANDE.

Rien n'est plus vrai. Mais tu es si coquette !...

CLAIRE.

En tous cas., je n'ai pas inspiré à Mme de Surgis les mêmes craintes que toi !...

ARMANDE.

Des craintes !...

CLAIRE.

Sans doute : elle m'a demandé si tu mangeais toujours aussi énormément ; car elle redoutait vraiment une....

ARMANDE, *l'interrompant.*

Quelle détestable plaisanterie !

LOUISA.

Enfin, mes bonnes amies, il s'agit maintenant

de savoir laquelle d'entre vous obtiendra la préférence.

CLAIRE.

Je crois que l'on a à peu près décidé.

CAROLINE.

Ah ! vraiment, dites-nous cela.

ZÉLIE , *à demi-voix.*

Je plais beaucoup à Mme de Surgis.

CAROLINE.

Tant mieux.

CLAIRE , *à demi-voix à Louisa.*

Tu comprends qu'elle me choisirait , lors même
que je ne serais pas l'aînée.

LOUISA.

J'en serais enchantée pour toi.

ARMANDE , *à part.*

En vérité, je me ris de leurs sottes espérances

CAROLINE.

Mais Léontine , vous ne m'en parlez pas ?

CLAIRE.

Ah ! cette petite fille se rend justice , et je crois
qu'elle n'a pas encore adressé la parole à notre
parente depuis qu'elle est ici. Que ferait Mme de
Surgis d'une pareille enfant , qui ne sait encore ni
se mettre convenablement, ni se présenter dans un
salon ?

LOUISA.

C'est vrai ; mais elle a un excellent cœur , cette
chère Léontine.

SCÈNE XII

Les précédentes, Mme DORMEUIL, GENEVIÈVE.

Mme DORMEUIL.

Ainsi, ma chère cousine, vous êtes satisfaite de l'arrangement de votre appartement.

GENEVIÈVE.

Oui, c'est assez bien, mais je suis moins contente de celui que vous destinez à ma femme de chambre lorsqu'elle arrivera.

Mme DORMEUIL.

Nous y ferons tous les changements que vous jugerez convenables ; veuillez seulement nous les indiquer.

GENEVIÈVE.

C'est que je m'intéresse beaucoup à cette fille. *A part.* Je serais bien sotte de ne pas profiter de mon rôle, qui ne se prolongera sans doute plus longtemps.

CLAIRE.

Vous n'avez pas d'autres observations à nous faire, ma cousine ? nous nous empresserions d'y faire droit.

GENEVIÈVE.

Non, pas pour le moment, du moins ; plus tard nous verrons.

ZÉLIE.

Que ferons-nous pendant la soirée ? Si ma cousine voulait désigner le genre d'amusement qu'elle préfère.

CLAIRE, *à part.*

Elle espère qu'on lui demandera de la musique.

GENEVIÈVE.

Cela m'est égal, moi, je ferai ce que l'on voudra.
Oh ! je suis bonne fil... bonne femme, allez.

Mᵐᵉ DORMEUIL, *à part.*

Je ne reviens pas de ma surprise. Quel inconcevable changement ! Est-il possible que mes souvenirs
d'enfance m'aient trompée à ce point ? Ce ton, ces
manières cadrent si peu avec le style de ses lettres
qu'en vérité je demeure confondue.

ARMANDE.

Si ma cousine aimait le jeu, nous pourrions.....

GENEVIÈVE.

Mais j'aime beaucoup le jeu, moi ; certains jeux
du moins.

CLAIRE.

Sans doute les échecs, le wisth ?

GENEVIÈVE.

Ah ! est-ce que je connais quelque chose à ces
jeux-là ? Parlez-moi de l'as qui court ou bien du
pandour.

Toutes les jeunes demoiselles ensemble.

Le pandour !

Mᵐᵉ DORMEUIL, *à part.*

Ma surprise va toujours croissant.

GENEVIÈVE.

Hé bien, cela vous va-t-il ?... Non.... cela m'est
égal, au moins.

ZÉLIE.

Mais certainement, ma cousine, pour peu que ce jeu vous amuse.

LOUISA, *bas à Claire.*

Elle est tout à fait singulière, ta parente.

CLAIRE, *avec embarras.*

Je crois qu'elle aime beaucoup à plaisanter.

LOUISA, *de même.*

Ah! c'est différent alors; mais tu me l'avais citée comme un modèle de bonne grâce.

—◦◦◯◦◦—

SCÈNE XIII

Les précédentes, FÉLICITÉ.

FÉLICITÉ.

Une lettre pour Mme de Surgis. *Geneviève reste immobile.*

ARMANDE.

Donnez-la-moi, Félicité, je la remettrai à ma cousine.

FÉLICITÉ.

Excusez-moi, Mamzelle, je dois la remettre dans ses mains propres. Mme de Surgis, une lettre pour vous. Hé bien! est-ce qu'elle est sourde, cette cousine? Mme de Surgis....

GENEVIÈVE, *se tournant brusquement.*

Ah! c'est juste, donnez, la fille.

FÉLICITÉ, *présentant la lettre.*

La voilà, et il faut la lire tout de suite.

GENEVIÈVE.

C'est bon, c'est bon. *Elle décachète la lettre et la lit.*

LOUISA, *bas à Caroline.*

Jamais je ne vis une plus étrange femme. Que penses-tu de cette parente si pompeusement annoncée depuis un mois ?

CAROLINE, *de même.*

Qu'elle serait mieux placée dans une antichambre que dans un salon.

GENEVIÈVE, *fermant la lettre.*

Il paraît que c'est fini. Hé bien, je l'aime autant comme cela. *A Mme Dormeuil.* Madame, il faut que je parte à l'instant.

Mme DORMEUIL, *avec étonnement.*

Comment, ma cousine, vous voulez nous quitter.

GENEVIÈVE.

Je reviendrai peut-être ; cela dépendra.

Mme DORMEUIL.

Mes filles ou moi aurions-nous eu le malheur de vous déplaire ?

GENEVIÈVE.

Non, non, je ne dis pas ; mais on me com.... on m'attend... Sans adieux, la compagnie. *A Mme Dormeuil qui s'apprête à la suivre.* Je vous serais obligée de rester là.

--◦◦◇◦◦--

SCÈNE XIV

Mme DORMEUIL, ARMANDE, CLAIRE, ZÉLIE, LÉONTINE,
CAROLINE, LOUISA.

Mme DORMEUIL.

Ma suprise est à son comble. Quelle étrange,
quelle inqualifiable conduite !

LÉONTINE.

Qu'a donc Mme de Surgis, maman ?

Mme DORMEUIL.

Qui pourrait le dire?... Elle vient de nous quitter
brusquement, sans nous en faire connaître le motif,
et nous priant de ne pas la suivre.

CLAIRE.

C'est égal, je vais....

ARMANDE.

Il faut essayer de la retenir.

ZÉLIE.

Nous aurions dû nous opposer à son départ.
*Elles s'avancent toutes les trois vers la porte; au
même instant Mme de Surgis paraît, et les jeunes
filles s'arrêtent en faisant une exclamation.*

SCÈNE XVe ET DERNIÈRE

Les précédentes, Mᵐᵉ DE SURGIS, GENEVIÈVE.

Mᵐᵉ de Surgis a une toilette riche, quoique fort simple. Geneviève a mis un bonnet sans rubans et un tablier noir.

Mᵐᵉ DE SURGIS, *s'avançant vers Mᵐᵉ Dormeuil.*

Vous voyez, ma chère cousine, que je n'ai pas de rancune ; et, bien que vous m'ayez fait chasser tout à l'heure de votre maison....

Mᵐᵉ DORMEUIL.

Comment, Madame, vous seriez ?...

Mᵐᵉ DE SURGIS, *en souriant.*

Une femme fort originale sans doute ; mais je vous prie de m'excuser.

CLAIRE, *à part.*

Mais c'est la soi-disant marchande !

ARMANDE.

Et moi qui l'ai appelée intrigante !

LÉONTINE, *courant à Mᵐᵉ de Surgis.*

Je ne me trompe pas, c'est bien vous, Madame, qui tout à l'heure....

Mᵐᵉ DE SURGIS.

C'est moi, mon enfant, qui ai reçu de votre part des témoignages d'intérêt que je n'oublierai jamais, et qui m'étaient d'autant plus précieux que je les savais complètement désintéressés et dictés seulement par la bonté de votre cœur.

Mme DORMEUIL.

En vérité, ma cousine, car je ne puis douter
maintenant de notre ridicule méprise, il ne nous
reste plus qu'à solliciter votre indulgence.

Mme DE SURGIS.

J'en ai besoin moi-même ; car enfin, m'introduire
ainsi chez vous, sous un nom supposé, tandis que
ma femme de chambre prenait ma-place, pourrait
bien m'attirer votre mécontentement.

ARMANDE.

Mais dans quel but ?

Mme DE SURGIS.

Vous ne le devinez pas, ma petite cousine ?

Mme DORMEUIL.

Vous vouliez éprouver mes filles.

CLAIRE, *d'un air de dépit concentré.*

Et c'est Léontine qui a le plus de perspicacité.

Mme DE SURGIS.

Le mot n'est pas juste, ma chère cousine, et
souffrez que je le rectifie. C'est elle qui a montré le
plus de désintéressement, le plus de bonté !.. *Se
tournant vers Léontine.* Ma fille, il me reste à vous
rendre votre bourse.

LÉONTINE, *la reprenant.*

Mais il y a dedans un papier !

Mme DE SURGIS.

Veuillez le lire.

Léontine prend le billet et le lit.

LÉONTINE, *après avoir lu.*

Oh ! Madame, que vous êtes noble et généreuse !

Mme DE SURGIS.

Ai je rempli vos désirs ?

LÉONTINE.

Je ne sais comment vous exprimer ma reconnaissance.

LES TROIS SOEURS, *à part.*

C'est elle qui l'emporte !

LÉONTINE, *en tendant le billet* Mme Dormeuil.

Voyez, ma chère maman.

Mme DORMEUIL, *lit haut.*

« Léontine Dormeuil sera ma fille d'adoption ; cependant, comme elle m'a paru désirer ne pas quitter sa famille, je la prierai seulement de m'accorder trois mois chaque année. Je m'engage, dès cet instant, à lui laisser toute ma fortune, et j'espère qu'elle ne trouvera pas trop pesant le poids de sa reconnaissance. » *Mme Dormeuil cesse de lire.*
Ah ! ma chère cousine, vous nous comblez...

LÉONTINE.

Comme nous allons être heureuses !

CLAIRE.

Heureuses !... toi, sans doute, mais nous...

LÉONTINE.

Est-ce que le bonheur de l'une n'est pas le bonheur de toutes ?

ARMANDE.

Cette chère Léontine, je la reconnais bien là.

LÉONTINE.

Mais vous en eussiez dit tout autant. *Les trois sœurs tournent la tête d'un air un peu confus.*

GENEVIÈVE.

J'espère que j'ai bien joué mon rôle?... Cependant, je commençais à en avoir assez.

LOUISA, *bas à Caroline.*

Je crois que chacun ici avait le sien.

CAROLINE.

Celui de Léontine lui été dicté par son cœur.

CLAIRE.

Ah ! si je pouvais recommencer ma journée !

Mme DE SURGIS.

Tâchez, ma chère enfant, de ne pas devoir dire un jour : Ah ! si je pouvais recommencer ma vie !...

LA FEMME DU MONDE

COMÉDIE EN TROIS ACTES

8

PERSONNAGES :

Mme DULÉRIS, jeune veuve.

Melle CAMILLE BRÉMONT, sa sœur.

Mme SAINCLAIR,
Mme LISVAL, } amies de Mme Duléris.

MARTHE, vieille domestique attachée à Mme Duléris.

Melle FLORE, femme de chambre de Mme Duléris.

Mme DUPUIS, marchande.

La scène se passe à Paris chez Mme Duléris.
Le théâtre représente un salon.

LA
FEMME DU MONDE

COMÉDIE EN TROIS ACTES

—◦◊◦—

SCÈNE PREMIÈRE

Mme DULÉRIS, FLORE.

Mme Duléris est assise sur une causeuse.

FLORE.

Madame ne m'a pas dit encore la robe qu'elle comptait mettre aujourd'hui.

Mme DULÉRIS.

Ah ! je ne sais, en vérité, je suis fatiguée, excédée.

FLORE.

Je le crois bien ; voilà trois nuits que Madame dort à peine.

Mme DULÉRIS.

Aussi, je ne sortirai pas aujourd'hui ; j'ai l'envie même de faire fermer ma porte : oui, c'est résolu, je ne veux voir personne : vous donnerez les ordres nécessaires, mademoiselle Flore.

FLORE.

Cette défense doit-elle comprendre Mme Sain-

clair ?... Je croyais que Madame lui avait donné
rendez-vous pour une heure.

Mme DULÉRIS.

Ah ! je l'avais oublié ! Quel ennui !... Ne pouvoir
jamais avoir un instant de liberté !... Mme Sainclair
doit venir me prendre pour aller voir l'exposition,
c'est aujourd'hui qu'elle est ouverte; tout Paris y
sera, et me voilà encore une fois forcée de renoncer
à mon projet de retraite.

FLORE, *à part.*

J'en étais bien sûre. En ai-je vu abandonner de
ces projets-là !... *Haut.* Il est certain que l'absence
de Madame serait remarquée.

Mme DULÉRIS, *avec nonchalance.*

Pourquoi donc ?

FLORE.

Madame sait parfaitement qu'elle est justement
citée comme l'une des plus élégantes dames de
Paris.

Mme DULÉRIS, *d'un air d'insouciance affectée.*

C'est un avantage que l'on paie quelquefois assez
cher. Mais je n'ai point les prétentions que vous
me supposez, et il est beaucoup de femmes de la
société....

FLORE, *vivement.*

Ah ! Madame, c'est ce dont personne ne voudra
convenir !

Mme DULÉRIS.

Mme Lisval, par exemple ?

FLORE.

Je conviens qu'elle est assez bien ; mais pas de grâce, pas de naturel.

Mᵐᵉ DULÉRIS.

Mᵐᵉ Sainclair ?

FLORE.

Oh ! elle est d'une affèterie qui ne compense nullement son manque de beauté !

Mᵐᵉ DULÉRIS.

Tout cela est vrai, peut-être ; mais ce sont du moins d'excellentes amies que j'aime tendrement.

FLORE.

Et l'attachement de Madame est payé d'un juste retour.

Mᵐᵉ DULÉRIS.

Je n'en saurais douter.

FLORE.

Il n'est pas loin d'une heure ; Madame n'a plus de temps à perdre pour commencer sa toilette. Apprêterai-je sa robe de pékin bleu de ciel ?

Mᵐᵉ DULÉRIS.

Ah ! j'en suis fatiguée. Vous pourrez la prendre pour vous, Mademoiselle Flore.

FLORE.

Madame est vraiment trop bonne ; mais elle sait qu'elle n'a point affaire à une ingrate. *A part.* Tout flatteur vit aux dépens de celui qui l'écoute. *Haut.* Peut-être Madame préférerait-elle sa robe de moire gris perlé ?... Elle lui sied à ravir.

Mme DULÉRIS.

Je ne sais ce que j'ai aujourd'hui, tout m'est
indifférent, tout m'ennuie ; je voudrais... ah ! je
ne sais ce que je voudrais !

FLORE.

A propos, Madame, j'oubliais de vous dire que
Mme Dupuis, la marchande de mercerie, est venue
hier pour prier instamment Madame de songer à
son mémoire.

Mme DULÉRIS.

Mais cette femme est insupportable ! je lui ai
déjà dit que je la paierai plus tard... Décidément
je me fournirai autre part... D'ailleurs, ses rubans
manquent de fraîcheur, et la coupe de ses gants est
mauvaise.

FLORE.

Faudra-t-il la faire consigner à la porte ?

Mme DULÉRIS.

Oui.

FLORE.

Ces gens-là sont si ingrats, que je suis sûre que
Mme Dupuis a déjà oublié que c'est Madame qui l'a
mise en vogue.

Mme DULÉRIS.

Mais j'entends, je crois, la voix de Mme Sainclair.
Que va-t-elle dire, lorsqu'elle verra que je ne suis
pas encore habillée ?... Je me sauve... Vous, Mademoiselle Flore, restez, vous la prierez de m'attendre un instant, puis vous viendrez en hâte me
rejoindre.

FLORE.

Oui, Madame. *Mme Duléris sort.*

SCÈNE II

Mme SAINCLAIR, FLORE.

Mme SAINCLAIR.

Mme Duléris est prête, j'espère?

FLORE.

Madame n'a plus qu'à mettre son chapeau et ses
gants.

Mme SAINCLAIR.

Priez-la de se hâter, Mademoiselle Flore, car il
y a déjà une si longue file d'équipages dans l'avenue
des Champs-Elysées, que nous aurons toutes les
peines du monde à entrer.

FLORE.

Je vais en prévenir Madame. *Elle sort.*

SCÈNE III

Mme SAINCLAIR, *seule.*

Cette petite Mme Duléris est si coquette! Je suis
persuadée qu'il y a déjà deux heures qu'elle con-
sulte son miroir, afin de savoir si quelques nuits
passées au bal ne l'ont pas trop pâlie. Pauvre provinciale! qui se flatte de donner le ton, lorsqu'elle
n'est encore qu'une fade copie de la femme à la
mode!... Son goût pour le monde, pour le plaisir,
lutte sans cesse contre les préjugés que l'éducation
a enracinés dans son cœur; elle ne peut parvenir
à les secouer entièrement, et cependant il lui est
impossible de renoncer au bonheur de se voir ad-
mirée, encensée. Les petits combats qui se livrent

dans son âme m'amusent quelquefois, car je sais
à l'avance de quel côté se décidera la victoire.

SCÈNE IV

Mme SAINCLAIR, MARTHE.

MARTHE.

Je croyais trouver ici Mme Duléris.

Mme SAINCLAIR.

Mme Duléris est à sa toilette, et je vous serais
obligée, ma bonne, de ne point l'interrompre dans
cette grave occupation, car notre départ s'en trouverait encore nécessairement retardé.

MARTHE.

Sauf votre bon plaisir, Madame, il faut cependant que je lui parle, pour la prévenir que le petit
Charles a été indisposé cette nuit.

Mme SAINCLAIR.

Hé bien, faites chercher le médecin ; que peut
votre maîtresse à cela ?

MARTHE.

Ce que peut une mère pour son enfant malade ?...
Le voir d'abord, juger par elle-même de son état,
l'entourer de soins, puis...

Mme SAINCLAIR, *avec impatience.*

Vous ferez tout cela aussi bien qu'elle.

MARTHE.

Non, Madame, rien ne remplace une mère.

Mme SAINCLAIR, *avec impatience.*

Je vous le répète encore, vous me désobligerez sensiblement en retenant votre maîtresse que j'attends déjà depuis une demi-heure.

MARTHE.

Je suis bien votre servante, Madame, mais je parlerai à Mme Duléris; c'est à moi que l'enfant est confié, et je connais les devoirs que cela m'impose. *Elle se dirige vers l'appartement de Mme Duléris.*

Mme SAINCLAIR.

Quelle insupportable femme !

—◦◊◦—

SCÈNE V

Les précédentes, Mme DULÉRIS, FLORE. *Mme Duléris est en grande toilette.*

Mme DULÉRIS.

Mille excuses, ma toute-belle, de vous avoir fait attendre; mais j'étais ce matin si fatiguée, si souffrante, que sans la promesse que je vous avais faite de vous accompagner, je ne serais point sortie de toute la journée. Me pardonnez-vous ?

Mme SAINCLAIR.

Il vous serait permis de soumettre ma patience et sourtout mon amitié à de plus grandes épreuves.

Mme DULÉRIS.

Oh ! je n'en ai jamais douté.

Madame...

Mᵐᵉ SAINCLAIR, *l'interrompant.*

Votre toilette est délicieuse et ne peut manquer de faire sensation.

Mᵐᵉ DULÉRIS.

Oh ! elle est bien simple.

MARTHE.

Madame...

Mᵐᵉ SAINCLAIR.

Puis, je vous trouve tout à fait en beauté.

Mᵐᵉ DULÉRIS.

Ah ! pour le coup vous vous moquez. Je suis pâle à faire peur.

Mᵐᵉ SAINCLAIR.

Mais la pâleur est un signe de distinction.

MARTHE.

Le petit, Madame...

Mᵐᵉ SAINCLAIR.

Allons, ma chère, partons sans retard, car....

MARTHE, *élevant la voix.*

Un instant, s'il vous plaît ; Madame, votre fils est malade.

Mᵐᵉ DULÉRIS.

Que dites-vous, Marthe ? il se pourrait ! Charles est malade ?

Mᵐᵉ SAINCLAIR.

Indisposition d'enfant, qui disparaît aussi rapidement qu'elle est venue.

MARTHE, *avec humeur.*

Qu'en savez-vous, Madame, pour parler ainsi ; l'avez-vous vu ?

Mme DULÉRIS.

Accordez-moi quelques minutes encore, ma très-chère, je vous en supplie, le temps seulement de voir mon fils, et je suis à vous.

Mme SAINCLAIR.

Il nous faut, dans ce cas, renoncer à l'ouverture de l'exposition, car nous devrions être déjà parties depuis une heure.

Mme DULÉRIS.

Mais qu'a-t-il, Marthe ? est-il réellement malade ?

MARTHE.

Je l'ai dit à Madame.

Mme DULÉRIS *à Mme Sainclair*.

Un seul instant, ma belle...

Mme SAINCLAIR.

Mais nous serons si peu de temps absentes, vous verrez votre fils à votre retour.

Mme DULÉRIS.

Au fait.

Mme SAINCLAIR.

Je serais désolée que vous n'assistassiez point à cette première séance, qui est toujours la plus belle et la seule même où il soit permis de se montrer.

Mme DULÉRIS.

Hé bien, partons sans retard, afin d'être plus tôt de retour. Marthe, je te recommande mon fils. *Elle fait quelques pas pour sortir.*

MARTHE, *en appuyant sur chaque mot.*

Madame peut être sûre que je veillerai sur lui comme si j'étais... sa mère.

Mme DULÉRIS.

Marthe !

MARTHE.

Ma foi, cela m'est échappé.

Mme SAINCLAIR.

Je m'étonne que vous laissiez prendre une aussi grande liberté de langage à cette femme.

Mme DULÉRIS.

Elle est bonne, dévouée et m'est attachée depuis mon enfance.

FLORE.

Madame désire-t-elle que j'aille auprès du petit Charles ?

Mme DULÉRIS.

Oui, allez, Flore.

MARTHE.

C'est inutile, Mademoiselle, il n'a pas besoin de vous, je saurai bien le soigner, peut-être !

Mme Duléris et Mme Sainclair sortent, et Marthe les suit tout en grondant.

— ◦◦◦◦◦◦ —

SCÈNE VI

FLORE *seule*.

Enfin les voilà parties. J'étais bien sûre que Mme Sainclair finirait par l'emporter, car elle s'entend à gouverner ma maîtresse, qui croit, elle, à son attachement. Quant à moi, je sais à quoi m'en tenir au sujet de cette belle amitié. Mme Sainclair, qui n'a point de voiture, tient à profiter de celle de son amie; trop avare ou trop pauvre pour recevoir chez elle, c'est ici qu'elle trône, qu'elle commande et préside à tout. Mais Mme Duléris elle-même est-elle fort riche? Je ne sais trop qu'en penser; car enfin, sans compter Mme Dupuis la mercière, à qui il est dû depuis longtemps, je crois qu'elle reçoit des demandes de bon nombre d'autres créanciers. Je voudrais bien pourtant savoir à quoi m'en tenir à cet égard, car je la quitterais avant le moment de la dégringolade, ce qui rendrait une autre place beaucoup plus facile à obtenir. *On entend à la porte le bruit d'une altercation.* Qui vient là? *Elle s'avance pour regarder.* Je ne connais pas cette figure. C'est peut-être encore quelque créancière. Je vais dire qu'on la laisse entrer, cela servira à m'éclairer. *Elle sort et revient aussitôt.*

—◦◊◦—

SCÈNE VII

Melle CAMILLE BRÉMONT, FLORE.

CAMILLE.

Ainsi il est vrai que Mme Duléris n'est pas chez elle?

FLORE.

Madame est sortie depuis un quart-d'heure.

CAMILLE, *s'asseyant.*

C'est bien, j'attendrai.

FLORE, *à part.*

A cet air d'aplomb, nul doute que ce soit une créancière. *Haut.* Madame tardera, je crois, à

rentrer; mais si vous vouliez me charger pour elle
de quelque message?...

CAMILLE.

C'est inutile.

FLORE, *à part.*

Les réponses sont brèves. *Haut.* Je ne puis donc
rien pour votre service....

CAMILLE.

Vous pouvez vous retirer.

FLORE, *à part.*

L'insolente. *Haut.* Je n'ai pas l'habitude de laisser des étrangères seules.

CAMILLE.

Soit. Marthe Bertrand est toujours ici ?

FLORE, *en ricanant.*

Ah! Madame est de la connaissance de Marthe ?

CAMILLE.

Allez la chercher, je vous prie ; je désire lui
parler.

FLORE, *du même ton.*

J'ai déjà eu l'honneur de faire observer à Madame
qu'il ne convenait pas de la laisser seule.

CAMILLE, *se levant.*

Ah! cela, pour qui me prenez-vous donc, ma
fille ?

FLORE.

J'attends que Madame veuille bien me l'apprendre.

CAMILLE.

Je suis Melle Camille Brémont, la sœur de votre

maîtresse. Maintenant, allez me chercher Marthe.

FLORE.

En vérité, je demande bien pardon à Mademoiselle, mais ignorant....

CAMILLE.

C'est bien, cela suffit.

FLORE, *en s'en allant.*

Maladroite que je suis! Aussi, qui se serait douté?...

—•✕◇•—

SCÈNE VIII

CAMILLE *seule. Elle regarde autour d'elle.*

Quel luxe! Que d'inutilités! Puis ces valets arrogants, cette servante impertinente, tout ce que je vois et entends redouble encore l'inquiétude qui m'a portée à entreprendre ce voyage, et qu'avaient déjà si vivement excité les lettres d'Aurélie. Oh! pourquoi ma mère a-t-elle consenti à l'établir si loin de nous? Hélas! lorsqu'elle nous a quittées, elle était si jeune encore! C'était une enfant pieuse, bonne, sensible; mais il y a cinq ans de cela! et en voilà trois déjà que, maîtresse absolue de ses actions, elle n'a même plus pour la guider l'expérience et la tendresse d'un époux. Depuis ce moment surtout, nos craintes sont affreuses; et chaque jour ma mère gémit de la cruelle infirmité qui s'oppose à ce qu'elle puisse elle-même veiller sur son Aurélie. Cependant c'est en vain que nous la pressons de revenir parmi nous, d'abandonner ce Paris si dangereux pour elle. A nos instances elle répond toujours que ses affaires, les intérêts de son fils s'y opposent, que plus tard elle verra. Alors je me suis dit : Cette enfant que j'ai en partie élevée, que j'aime comme ma fille, je ne la laisserai pas plus long-temps seule, privée de conseils et d'appui, et elle trouvera en moi ou un censeur pour ses fautes, ou une consolatrice pour ses peines.

SCÈNE IX

CAMILLE, MARTHE.

MARTHE.

Cette chère Melle Camille ; eh quoi! vous aussi vous voilà à Paris.

CAMILLE.

Oui, vraiment, ma bonne Marthe, c'est bien moi.

MARTHE.

Ce long voyage ne vous a point effrayée ?

CAMILLE.

Non. D'ailleurs, à tout prix, je voulais voir ma sœur.

MARTHE.

Ah! Mamzelle, que vous la trouverez changée !

CAMILLE, *avec inquiétude.*

Que veux-tu dire?

MARTHE.

Oui ; ils disent que c'est une femme à la mode ; c'est-à-dire que ses seules occupations consistent à se parer, à courir les promenades, les bals, les spectacles ; mais pour ce qui est, voyez-vous, de servir le bon Dieu, de soigner son enfant et de surveiller sa maison, nenni, Mamzelle, elle ne fait rien de tout cela.

CAMILLE.

Ah ! Marthe, quel mal tu me fais !

MARTHE.

Si je ne vous l'avais pas dit, vous vous en seriez bientôt aperçue.

CAMILLE.

Un tel changement est-il croyable !

MARTHE.

Enfin, croiriez-vous bien, Mamzelle, que tout à l'heure, elle est partie sans avoir vu son enfant de la journée, et cela tout en le sachant malade.

CAMILLE, *avec douleur.*

Oh ! Aurélie ! Aurélie !

MARTHE.

Je vois bien quelquefois qu'elle se fait des reproches ; elle se rappelle sans doute comment elle a été élevée par cette bonne Mme Brémont et par vous, et elle compare sa vie d'alors avec celle d'à présent ; je suis sûre même qu'il lui est arrivé de vouloir en changer ; mais, bah ! toutes ses soi-disant amies lui ont bientôt fait abandonner ces sages résolutions.

CAMILLE.

Ah ! je ne veux pas désespérer, Marthe, de les rendre plus durables. C'est beaucoup, vois-tu, que

ces retours sur le passé. Son esprit peut être égaré,
mais son cœur n'est pas perverti.

MARTHE.

C'est égal, Mamzelle, il était temps que vous
arriviez.

CAMILLE.

Ah! s'il n'avait pas fallu quitter ma mère, crois-
tu que j'aurais autant tardé?

MARTHE.

Cela me fait du mal, moi, voyez-vous, tout ce
qui se passe ici; et puis je tremble pour l'avenir:
des domestiques qui pillent, des créanciers qui
menacent, des amies qui grugent....

CAMILLE.

Ah! ma pauvre sœur!...

MARTHE.

Est-ce que vous comptez rester longtemps, Mamzelle Camille! car ce ne sera pas aisément, allez,
que vous parviendrez à établir des réformes.

CAMILLE.

Cela dépendra, ma bonne; tu comprends que j'ai
hâte de retourner auprès de ma mère, à qui mon
absence sera fort pénible. Cependant, en venant à
Paris, je me suis proposé un but, difficile à atteindre,
mais auquel je parviendrai, car je l'ai résolu.

MARTHE.

Sans être trop curieuse, Mamzelle, puis-je vous
demander quel est ce but?

CAMILLE.

D'emmener Aurélie loin de Paris, de l'arracher à ce monde qui la séduit et la perd, de la conduire dans les bras de notre mère qui la regrette et tremble pour elle, de lui rendre enfin le calme, le bonheur que l'on ne trouve que dans l'accomplissement de ses devoirs. Voilà, ma bonne Marthe, la tâche que je me suis donnée.

MARTHE.

Emmener Madame loin de Paris !... elle qui dit qu'on ne vit pas en province, qu'on y végète !.... Ah! Mamzelle, autant vaudrait essayer de retourner les montagnes de notre cher pays.

CAMILLE.

Tu crois ?

MARTHE.

Je n'en suis que trop sûre, hélas !

CAMILLE.

Hé bien, tu verras.

MARTHE.

Je sais bien que vous avez de la tête, mais c'est égal.

CAMILLE.

Quel est ce bruit ?... *On entend une voix au dehors, qui crie : Quand je vous dis que j'entrerai!...* Marthe, va donc voir.

MARTHE.

Ah! je connais bien cette voix-là, moi : c'est celle de Mme Dupuis, la marchande de colifichets.

SCÈNE X

Les précédentes, Mme DUPUIS.

Mme DUPUIS, *à la cantonnade.*

Quand je disais qu'il y avait quelqu'un.

CAMILLE.

Que voulez-vous, Madame ?

Mme DUPUIS.

Madame Duléris.

CAMILLE.

On a dû vous apprendre qu'elle n'était pas chez elle.

Mme DUPUIS.

On me le dit constamment, ce qui fait que j'ai voulu m'en assurer par moi-même.

CAMILLE.

Voici une conduite étrange !

Mme DUPUIS.

Je vous trouve bien ici, vous, Madame, il est probable cependant que vous aurez dû aussi forcer la consigne.... Mais je vois ce que c'est, vous croyez avoir plus de droits, parce que votre créance est plus ancienne ; hé bien, voici dix-huit mois que j'attends !....

CAMILLE.

Dix-huit mois !...

Mme DUPUIS.

Que direz-vous à cela ?

MARTHE.

Mais, ma chère dame, vous vous trompez.

CAMILLE.

Silence, Marthe !

Mme DUPUIS.

Si je ne suis pas payée avant demain, je serai
forcée de laisser protester des effets qui viennent
d'échoir, et depuis vingt ans que je suis dans le
commerce, pareille chose ne m'est jamais arrivée !
N'est-ce pas beau donc cela ?....

CAMILLE.

Combien vous est-il dû?

Mme DUPUIS.

Deux mille cinq cents francs pour fournitures
faites en moins d'une année.

CAMILLE.

En quoi donc consistaient-elles?

Mme DUPUIS.

En fleurs, gaze, rubans, gants...

CAMILLE, *à part.*

Quelle coupable profusion !... *Haut.* Vous serez
payée avant ce soir, Madame.

Mme DUPUIS, *se rapprochant.*

Vous avez donc trouvé un moyen de forcer cette
belle dame à acquitter ses dettes ?

CAMILLE.

Je l'espère.

Mme DUPUIS.

Faites-le-moi connaître, et j'entrerai pour moitié
dans les frais.

CAMILLE.

Je préfère agir seule.

Mme DUPUIS.

Mais qui m'assure que vous n'agirez pas aussi
pour vous seule?

CAMILLE.

Ma parole, que je vous donne. Partez, je verrai
Mme Duléris, je lui exposerai votre besoin d'être
payée sans retard, et je vous promets que vous
serez satisfaite.

Mme DUPUIS.

Je ne sais, mais il y a quelque chose en vous
qui m'inspire de la confiance, et je crois que je
puis sans danger m'en reposer sur votre promesse.
Si vous vouliez bien en même temps, Madame,
dire à Mme Duléris de recommander à ses gens
d'être moins insolents. Il est désagréable, lorsqu'on
vient réclamer ce qui vous est dû, d'être en butte
à tant d'impertinences.

CAMILLE.

Je le lui dirai.

Mme DUPUIS.

Ne ménagez pas vos expressions au moins, elle
ne le mérite pas, cette belle dame !

CAMILLE.

Je tâcherai d'en trouver qui aillent à son cœur.

Mme DUPUIS.

Est-ce qu'une femme du monde a un cœur?...

CAMILLE.

Le sien m'est connu.

Mme DUPUIS.

C'est une exception alors. Mais adieu, Madame,
je vous laisse.

CAMILLE.

Adieu. *Mme Dupuis sort.* Marthe, conduis-moi
auprès de mon petit neveu, j'ai besoin de l'embrasser.

MARTHE.

Pauvre Mamzelle!... Vous en verrez bien d'autres.

ACTE DEUXIÈME

Le décor n'a point changé.

SCÈNE PREMIÈRE

Mme DULÉRIS, Mme SAINCLAIR.

Mme SAINCLAIR.

Quand je vous le disais, ma chère, votre entrée
a fait sensation, et j'entendais de tous côtés des
murmures approbateurs sur votre beauté et votre
toilette.

Mme DULÉRIS.

Du moins vous pensiez que ces éloges s'adres-
saient à moi; mais qui me dit qu'il ne vous en
revenait pas la meilleure part, puisque nous étions
ensemble?

Mme SAINCLAIR.

A moi!... quelle folie!... je n'étais que l'ombre
d'une brillante planète.

Mme DULÉRIS.

C'est par trop de modestie.

Mme SAINCLAIR , *à part*.

Sa vanité la rend crédule au dernier point. *Haut.*
Comment allez-vous achever la journée?

Mme DULÉRIS.

Mais je ne sais; cette indisposition de mon fils
m'inquiète.

Mme SAINCLAIR.

Le médecin, que nous venons de rencontrer,
vous a assuré qu'elle n'avait aucune gravité.

Mme DULÉRIS.

C'est vrai.

Mme SAINCLAIR.

Hé bien, que décidez-vous?

Mme DULÉRIS.

Je crois que je resterai chez moi.

Mme SAINCLAIR , *à part*.

J'ai bien envie de ne point combattre ce projet.

Mme DULÉRIS.

Vous dites? ma chère.

Mme SAINCLAIR.

Que vous êtes une trop tendre mère.

Mme DULÉRIS.

Oh! ne parlez pas ainsi! ou je croirai que cet
éloge est une dérision.

Mme SAINCLAIR.

Mais je n'ai fait qu'exprimer bien exactement ma
pensée.

Mme DULÉRIS.

Moi, mon amie, j'ai eu une tendre mère, ou plutôt j'en avais deux, et quand je compare leur conduite avec la mienne !

Mme SAINCLAIR, *à part.*

Nous voilà dans un accès de sentimentalité, je vais en profiter pour me sauver. *Haut.* Puisque vous voulez absolument, ma chère belle, vous établir aujourd'hui garde-malade, je vous prie de me prêter votre voiture.

Mme DULÉRIS.

Mais oui sans doute, vous pouvez en disposer à votre fantaisie. Cependant, si dans le courant de la soirée, elle vous devenait inutile, renvoyez-la-moi, il se peut que j'aille faire quelques visites. Ah ! je n'y suis pas décidée encore, cela dépendra de l'état de mon fils.

Mme SAINCLAIR, *à part.*

Et du plus ou moins d'ennui que nous éprouverons. *Haut.* Ainsi, voilà qui est convenu, à dix heures, je vous renvoie votre voiture.

Mme DULÉRIS.

Je vous en prie.

Mme SAINCLAIR.

Merci, et à demain.

Mme DULÉRIS.

A demain. *Mme Sainclair sort.*

—○◇○—

SCÈNE II

Mme DULÉRIS *seule ; puis* CAMILLE.

Disait-elle vrai ?· et se peut-il qu'au milieu d'une aussi brillante réunion j'aie été remarquée, louée, enviée, sans doute ?... *Elle s'assied sur le canapé.* En vérité, j'ai peine à le croire ; il y avait là tant de femmes belles, riches, titrées. *Camille paraît et s'arrête à la porte. Mme Duléris, qui lui tourne le dos, ne s'aperçoit pas de son arrivée.* Moi, je ne possède aucun de ces avantages. Je suis jolie plutôt que belle ; quant à ma fortune, si j'osais à cet égard interroger mon banquier, j'apprendrais peut-être qu'il s'y trouve un énorme déficit ; enfin, je n'ai point de titres. Hé bien, malgré cela, on m'assure, et je le sais, qu'il est peu de femmes à Paris qui excitent autant l'admiration que l'envie. N'est-ce pas là un heureux destin ? Ah ! qui reconnaîtrait maintenant en moi cette petite provinciale si timide, si gauche, si embarrassée de sa personne, pour peu qu'elle supposât qu'on l'avait remarquée. En vérité, un tel changement m'étonne moi-même, et je suis prête à douter de mon identité. Si ma mère me voyait maintenant, et cette bonne Camille qui m'aimait tant, quelle serait leur surprise ! Il me semble entendre leurs exclamations ; elles diraient...

CAMILLE.

Qu'elles préféraient la simple et innocente jeune fille à la brillante femme du monde.

Mme DULÉRIS, *se levant vivement.*

Ciel ! Cette voix ! Camille ! *Elle court se jeter dans*

ses bras. Camille , ma bonne sœur , n'est-ce pas un rêve ! Quoi ! tu t'es décidée à quitter notre mère , à entreprendre seule ce long et fatigant voyage ! *Elle l'embrasse encore.*

CAMILLE.

Il l'a bien fallu , puisque tu ne voulais plus revenir, toi.

Mme DULÉRIS , *avec un peu d'embarras.*

Ce n'est pas le désir qui me manquait ; mais si tu savais comme le temps se passe ici ; puis.... des affaires.... mais je serais venue certainement.

CAMILLE.

Nous commencions à en désespérer, ma mère et moi ; aussi je lui dis, il y a huit jours : « Puisque Aurélie nous délaisse , nous oublie peut-être (*Mme Duléris détourne les yeux avec confusion*), j''aurais le désir de me rendre à Paris. » Alors ma mère me répondit simplement : « J'allais te demander de partir ; » et me voilà.

Mme DULÉRIS.

Mon excellente mère ! ma chère Camille ! en vérité, je ne saurais comment vous témoigner ma reconnaissance. Mais n'accuse pas mon cœur de ces retards. M. Duléris , tu le sais , avait mis une grande partie de notre fortune dans diverses entreprises ; et j'éprouve de toutes parts mille difficultés pour réaliser...

CAMILLE.

Tu nous l'as écrit souvent.

Mme DULÉRIS.

Et vous ne m'avez pas crue peut-être ?

CAMILLE.

Non.

Mme DULÉRIS.

Camille !...

CAMILLE.

Tu ne peux avoir oublié que je me sers toujours du mot qui exprime le plus vite et le plus franchement ma pensée.

Mme DULÉRIS.

Cependant...

CAMILLE.

Les difficultés qu'on t'oppose pouvaient peut-être mettre obstacle à ton retour définitif parmi nous; mais elles n'empêchaient point que tu nous consacrasses un mois, quinze jours; nous ne sommes pas exigeantes.

Mme DULÉRIS.

Mon fils est si jeune encore pour entreprendre ce long voyage.

CAMILLE.

Si nous examinions bien à fond ce nouvel obstacle, peut-être découvririons-nous qu'il pouvait aussi être facilement levé. Mais à quoi bon toutes ces récriminations, n'empoisonnons pas le plaisir de nous voir enfin réunies.

Mme DULÉRIS.

Oh ! oui, tu as raison. Et depuis quand es-tu arrivée ?

CAMILLE.

Depuis deux heures environ.

Mme DULÉRIS.

Combien je regrette de n'avoir pas été ici pour

te recevoir!... mais aussi tu ne m'avais pas prévenue.

CAMILLE, *en souriant.*

C'est vrai, j'ai eu tort.

Mme DULÉRIS.

J'espère bien te posséder pour quelque temps.

CAMILLE.

Je ne sais encore, nous parlerons de cela plus
tard.

Mme DULÉRIS.

Et d'abord, ma chère Camille, je vais envoyer
chercher ma couturière, ma modiste, parce qu'en
vérité (*elle rit*) ta robe, ton chapeau sont d'un
goût détestable; et je ne croyais pas que l'on fût
maladroit à ce point dans cette pauvre ville de Pau.
Elle rit encore. Et les gants, quelle mauvaise grâce!
je suis sûre que deux mains comme la tienne y
tiendraient aisément. Je te conduirai chez mon
gantier, et il te prendra la mesure. Oh! mais la
chaussure, cela surpasse tout. Ma pauvre Camille,
comment peux-tu te laisser arranger de la sorte?...

CAMILLE.

Lorsque tu auras achevé de passer la revue de
ma toilette, je te donnerai des nouvelles des parents
et amis que tu as encore dans notre pays, et qui
m'ont chargée pour toi des plus tendres compliments.

Mme DULÉRIS, *avec un peu d'embarras.*

Comment! ils ne m'ont pas oubliée?

CAMILLE.

Ton étonnement me prouve que de ta part, au
moins, l'oubli est complet.

Mme DULÉRIS.

Mais non , non , je t'assure.

CAMILLE.

Cette assurance me fait plaisir. *Flore paraît.*

FLORE.

Mme Lisval demande si Madame peut la recevoir ?

Mme DULÉRIS.

Mais oui, certainement. *Flore sort.* Je vais , ma chère Camille , te présenter à l'une de mes meilleures amies. Tu verras que c'est une femme très-aimable et que tu seras charmée de connaître.

CAMILLE.

J'aurais bien désiré passer cette journée , du moins , seule avec toi.

SCÈNE III

Les précédentes , Mme LISVAL.

Mme LISVAL.

Ah ! ma chère belle , vous voyez une femme au désespoir.

Mme DULÉRIS.

Au désespoir? vous m'effrayez !

Mme LISVAL.

Croiriez-vous que cette insupportable Mme Lostange a trouvé le moyen de se procurer une garniture de robe absolument semblable à celle que je devais mettre demain; vous comprenez, d'après cela, qu'il m'est impossible de me servir de la mienne , et.... *Apercevant Camille.* Mais vous n'êtes pas seule.

Mme DULÉRIS.

Permettez-moi, ma bonne amie, de vous présenter Melle Camille Brémont, ma sœur. *Camille et Mme Lisval se saluent.*

Mme LISVAL.

Je suis enchantée, vraiment. Mademoiselle est arrivée nouvellement à Paris?

CAMILLE.

Depuis deux heures, Madame.

Mme LISVAL, *à part.*

Quelle caricature! *Haut.* Combien vous avez dû être heureuse! ma bonne amie!

Mme DULÉRIS.

Et le bonheur de voir cette chère sœur m'a rendue égoïste; je ne lui ai pas encore permis de me quitter pour changer sa toilette de voyage.

Mme LISVAL.

Mademoiselle nous montre sans doute les modes du Béarn?

CAMILLE.

Je crois, Madame, que la mode est maintenant la même partout.

Mme LISVAL, *portant son mouchoir à sa bouche et à demi-voix.*

Oh! il y paraît.

Mme DULÉRIS, *avec un peu d'embarras.*

Non, ma chère Camille, on se met ici différemment.

CAMILLE.

Habitant la campagne pendant une grande partie de l'année, et ayant passé l'âge où l'on attache quelque importance à la toilette, la mode n'a pas en moi une adoratrice fort zélée.

Mme DULÉRIS.

Mais cependant, pendant ton séjour à Paris....

CAMILLE, *souriant.*

Je tâcherai de ne point m'y faire remarquer, et je suivrai tes avis.

Mme LISVAL.

Mais pourquoi Mademoiselle changerait-elle quelque chose à son costume? elle est on ne peut mieux ainsi.

CAMILLE.

Madame est sans doute trop indulgente.

Mme LISVAL.

Non, je dis toujours ce que je pense. *A part.* Elle est d'une crédulité vraiment adorable.

Mme DULÉRIS, *avec un peu d'impatience.*

Je crois cependant, ma bonne Camille, que tu feras bien de t'entendre avec mes fournisseurs.

CAMILLE.

Puisque Madame, dont tu ne peux mettre le goût en doute, me trouve bien ainsi et m'engage à ne point changer ma mise, je suivrai ce conseil.

Mme DULÉRIS.

Cependant....

CAMILLE.

T'imagines-tu qu'elle me l'eût donné pour me rendre ridicule ?

Mme DULÉRIS.

Non sans doute, mais....

CAMILLE.

Je m'en rapporte à ton amie.

Mme DULÉRIS, *avec un mouvement de dépit.*

Oh ! je sais que Mme Lisval *adore* la plaisan-terie.

CAMILLE.

Mais lorsque cette plaisanterie pourrait blesser une amie, je suis sûre, moi, que Madame sait s'en abstenir.

Mme LISVAL, *se couvrant encore la bouche avec son mouchoir.*

Vous me rendez parfaitement justice.

Mme DULÉRIS.

Que faites-vous demain, ma bonne amie ?

Mme LISVAL.

Je ne sais encore ; et vous ?... Ah ! j'oubliais : vous allez sans doute conduire Mademoiselle voir ce que Paris renferme de curieux ?

Mme DULÉRIS, *vivement.*

Oh ! je suis sûre que Camille s'en soucie fort peu.

Mme LISVAL.

Voilà qui me paraîtrait étrange. Quoi ! Melle Bré-mont n'aimerait même pas à visiter le jardin des

Plantes et sa ménagerie !... C'est là, je crois, l'un des spectacles qui attirent le plus les provinciaux.

Mme Duléris fait un geste d'impatience.

CAMILLE.

Le jardin des Plantes pourrait bien avoir son tour.

Mme DULÉRIS.

Je ne puis te conduire là, ma bonne.

CAMILLE.

Mais pourquoi?... Madame nous y engage.

Mme DULÉRIS, *se mordant les lèvres avec dépit.*

Parlons donc, ma chère belle, de votre grand sujet de chagrin. Comment Mme Lostange a-t-elle surpris le secret de votre fameuse garniture?

Mme LISVAL.

N'est-ce pas que cela est odieux?... Oh! je suis outrée! désespérée!...

CAMILLE, *riant.*

Je vois, Aurélie, que tu avais raison en me disant que Madame aimait les plaisanteries.

Mme LISVAL.

Comment cela?

CAMILLE.

Il faudrait être bien niaise pour ne pas comprendre que la perte ou le changement d'une garniture peut occasionner tout au plus une légère contrariété.

Mme LISVAL, *avec dépit.*

On en jugerait ainsi à Pau, Mademoiselle.

CAMILLE.

Sans doute. D'ailleurs, si l'on se désespérait pour une cause aussi futile, qu'éprouverait-on lorsqu'un malheur réel nous frappe tout à coup? Il faudrait nécessairement inventer d'autres expressions.

Mme LISVAL, *regardant à sa montre.*

Déjà quatre heures !... Comme on s'oublie, Mesdames, dans votre aimable société !... J'étais attendue à trois heures et demie.

Mme DULÉRIS.

Eh quoi ! vous partez déjà !...

Mme LISVAL.

Il le faut, mais croyez que je le regrette vivement. *Elle salue Camille; Mme Duléris la reconduit jusqu'à la porte.*

Mme DULÉRIS.

Ne tardez pas trop à revenir.

Mme LISVAL.

Mon cœur n'est-il pas toujours auprès de vous ? *Elles s'embrassent; Mme Lisval sort.*

— ◦◊◦ —

SCÈNE IV

Mme DULÉRIS, CAMILLE.

Mme DULÉRIS, *en revenant.*

Il y a des gens qui n'ont aucun tact. Ne devait-elle pas sentir que nous désirions être seules?

CAMILLE.

Cependant une amie ne gêne jamais.

Mme DULÉRIS.

Oh ! une amie !...

CAMILLE.

Ne m'as-tu pas dit que c'était l'une des plus chères ?

Mme DULÉRIS.

Enfin, comment la trouves-tu?

CAMILLE.

Si c'est sérieusement que tu me demandes mon avis, je la trouve indigne de l'affection d'une femme raisonnable.

Mme DULÉRIS.

J'en étais sûre.

CAMILLE.

Mais toi-même tu as dû l'apprécier depuis long-temps?

Mme DULÉRIS.

Elle m'amuse.

CAMILLE.

Oui, lorsque ta vanité ne souffre pas en voyant ta sœur l'objet de ses sarcasmes.

Mme DULÉRIS.

Tu t'en apercevais donc?

CAMILLE.

As-tu pu en douter?

Mme DULÉRIS.

Ah ! j'ai manqué vingt fois d'éclater!

CAMILLE.

Elle te donnait cependant d'excellentes preuves

d'amitié.... Et voilà la charmante femme que tu
voulais me faire connaître ?

Mme DULÉRIS.

Jamais je ne la vis ainsi, je te l'assure.

CAMILLE.

Enfin, quelles sont les qualités qui t'ont attachée
à elle ?

Mme DULÉRIS.

Les qualités... mais je ne sais en vérité. Nous
sommes du même âge, nous fréquentons les mêmes
sociétés ; elle est gaie, vive, assez spirituelle...
D'ailleurs, ma chère Camille, on ne peut exiger
la perfection dans une amie.

CAMILLE.

Non, puisqu'elle n'existe pas ici-bas ; mais nous
pouvons, nous devons même n'accorder notre amitié qu'à celle dont les vertus peuvent exercer une
salutaire influence sur notre âme. Lorsqu'un tel
sentiment n'a pas l'estime pour base, il ne mérite plus le nom d'amitié.

Mme DULÉRIS.

Ah ! ma bonne sœur, tu connais bien peu le
monde ! Du reste, ne juge point de toutes mes amies
par Mme Lisval. Tu connaîtras bientôt Mme Sainclair,
avec qui je suis beaucoup plus intimement liée, et
je suis sûre qu'elle te plaira.

CAMILLE.

J'acquérrai avec plaisir la certitude que tu ne
places pas toujours aussi mal ton affection.

Melle *Flore entre.*

FLORE.

Une lettre pour Madame. *Elle présente une lettre à Mme Duléris.*

Mme DULÉRIS.

C'est justement de Mme Sainclair. *Elle lit haut. Flore sort.*

« Je viens, ma belle amie, vous prier de me laisser votre voiture pour le reste de la soirée, à moins que vous n'en ayez vous-même un urgent besoin. J'ai déjà fait plusieurs visites, et partout l'on me parle de vous comme mon cœur aime à en entendre parler, c'est-à-dire que votre éloge est dans toutes les bouches, et que celles qui ne vous louent pas vous envient. Un mot au porteur de mon billet, s'il vous est possible de m'accorder ma requête. Demain j'espère vous consacrer ma journée entière, pour me dédommager d'avoir été éloignée de ma meilleure amie pendant cette soirée. » *Mme Duléris s'approche d'une table où se trouve ce qu'il faut pour écrire.* Hé bien, que dis-tu du style de Mme Sainclair? *Elle écrit.*

CAMILLE.

Que ce n'est pas ainsi que s'exprime la véritable affection.

Mme DULÉRIS.

Comment, tu croirais....

CAMILLE.

Que l'on ne flatte jamais ceux que l'on aime.

Mme DULÉRIS, *avec dépit.*

Je vois que tu es décidée à tout critiquer.

CAMILLE.

Ce serait donner dans un travers non moins répréhensible et que j'espère éviter.

*Mme Duléris s'approche de la sonnette ;
Flore paraît.*

Mme DULÉRIS.

Remettez ce billet au domestique de Mme Saintclair.

FLORE.

Oui, Madame. *Elle sort.*

CAMILLE.

A la manière dont ta maison est montée, tu dois dépenser énormément, ma chère Aurélie.

Mme DULÉRIS, *avec embarras.*

Mais non, je t'assure... Tu sais que mon mari m'a laissé une jolie fortune.

CAMILLE.

Et elle suffit amplement à tes besoins ?

Mme DULÉRIS.

Oui.

CAMILLE.

Tu m'enhardis à te présenter une requête. D'ailleurs je crois te connaître assez pour être persuadée que tu n'as pas oublié, dans le chapitre de tes dépenses, celles qui nous sont imposées par la charité. L'anathème prononcé par Dieu contre le mauvais riche t'avait vivement impressionnée dès l'enfance.

Mme DULÉRIS, *avec un mouvement d'effroi.*

C'est vrai ; mais achève.

CAMILLE.

Il se présente une occasion, que tu saisiras sans doute avec empressement, d'exercer ta bienfaisance : Mariette, ta petite compagne d'enfance, est veuve, chargée d'enfants, et dans une affreuse misère ; je lui ai promis de te dépeindre sa situation et de lui envoyer, sans retard, tout ce dont tu pourrais disposer en sa faveur.

Mme DULÉRIS, *avec embarras.*

Je verrai ce que je puis faire.... mais dans ce moment j'ai divers paiements que je ne puis remettre, et....

CAMILLE.

En effet, j'ai été témoin, avant ton arrivée, d'une scène assez désagréable de la part d'une femme qui se plaignait amèrement de ne pouvoir recevoir ce qui lui est dû.

Mme DULÉRIS.

Comment ! ici.... je ne puis comprendre...

CAMILLE.

Oui, elle est entrée de force.

Mme DULÉRIS.

Et sais-tu le nom de cette femme ?

CAMILLE.

Mais il me semble que tu dois le connaître, à moins qu'il ne s'en trouve plusieurs dans le cas de t'adresser les mêmes reproches.

Mme DULÉRIS, *avec colère.*

Ah ! tous ces gens-là sont insupportables !

CAMILLE.

Comment, insupportables!... parce qu'ils réclament un argent qui leur appartient, et dont la privation les met eux-mêmes dans le cas de manquer à
leurs engagements, de faire soupçonner leur probité?... Ah! Aurélie! Aurélie! qu'est devenue cette
équité qui distinguait autrefois ton caractère?... Le
monde te l'a donc aussi enlevée?...

Mme DULÉRIS.

Camille!...

CAMILLE, *avec chaleur*

Lorsque tu nous as quittés, à l'âge de seize ans,
on avait coutume de dire de toi : « Aurélie est
pieuse, douce, sensible; son caractère est noble,
généreux; elle sert Dieu avec amour, et ses parents
ont en elle une fille soumise et dévouée; enfin on
pourrait l'offrir pour modèle à toutes ses compagnes, si un peu de vanité ne venait ternir ces
brillantes qualités. » Maintenant ce portrait est-il
encore le tien?... Réponds avec franchise, et tu me
diras, n'est-ce pas, qu'au contact du monde, tout
s'est effacé; la vanité seule est restée.

Mme DULÉRIS, *avec beaucoup de dépit.*

En vérité, il me semble du moins que je ne suis
pas la seule qui aie changé, et j'ai peine à reconnaître dans la personne qui me juge si sévèrement,
la sœur qui m'aimait autrefois.

CAMILLE.

Et qui t'aime toujours, mais que le présent attriste, que l'avenir effraie; qui voudrait t'arracher
à ce monde qui finira par perdre ton âme, et qui

ne sait pas même, en échange, te donner un instant
de véritable bonheur.

Mᵐᵉ DULÉRIS.

Qu'en sais-tu , pour juger ainsi ?... Mais maintenant je devine le but de ton voyage ; tu veux ré-
former ma maison , changer ma manière de vivre ,
importer à Paris les usages de la province....

CAMILLE.

Oh ! je suis plus ambitieuse encore !

Mᵐᵉ DULÉRIS.

Vraiment !....

CAMILLE.

Je veux t'emmener ; je l'ai promis à notre mère.

Mᵐᵉ DULÉRIS.

Tu ne parles pas sérieusement ?

CAMILLE.

Très-sérieusement.

Mᵐᵉ DULÉRIS, *avec une gaieté affectée.*

Tu veux me faire quitter ce gouffre de perdition
que l'on appelle Paris ?

CAMILLE.

Tu railles , mais peu m'importe , je réussirai.
Je crois, ma chère, que nous pouvons nous
perdre ou nous sauver partout ; je suis même très-
convaincue qu'il est ici un grand nombre de personnes qui s'occupent de l'importante affaire de leur
salut et qui atteindront ce premier but de notre
existence.

Mᵐᵉ DULÉRIS.

Cependant tu persistes à m'éloigner ?

CAMILLE.

Parce que nous te voyons suivre une marche tout
opposée, parce que tu as besoin de venir retremper,
épurer ton âme dans les pures et saintes affections
de la famille. Ose me dire que tu n'as point cessé
d'être bonne chrétienne du jour où tu as cessé
d'être bonne fille et bonne sœur ! Et cet enfant que
Dieu t'a donné, as-tu jamais rempli envers lui les
devoirs qui t'étaient imposés par ton titre de mère,
si ton cœur ne les inspirait point ?

Mme DULÉRIS.

Tu es un juge beaucoup trop prévenu pour que je
consente à te répondre.

CAMILLE.

C'est-à-dire que tu n'es plus habituée au langage de la vérité. Mais peut-être seras-tu bientôt à
même de faire la différence entre la sœur qui te
reproche tes torts en face, mais dont le cœur te
défend tout bas, et les fausses amies qui ne te
flattent et t'encensent que pour mieux te déchirer
ensuite.

Mme DULÉRIS.

Je t'assure que tu me fais bien mal, Camille.

CAMILLE.

Hé bien, brisons là pour le moment. Je m'engage
même à ne plus traiter ce sujet pendant huit jours.

Mme DULÉRIS.

Mais, en général habile, tu vas pendant ce temps
faire ample provision de matériaux pour une nouvelle attaque.

CAMILLE.

Oh! ma pauvre Aurélie, tu le vois, ton propre
jugement te condamne.

Mme DULÉRIS.

Je réclame l'exécution de ta promesse.

CAMILLE.

Tu verras que je sais la tenir.

ACTE TROISIÈME

Le décor est le même.

SCÈNE PREMIÈRE

FLORE *seule*.

Encore un créancier d'éconduit; et bien que j'aie
dit vrai cette fois en assurant que Madame n'était
pas chez elle, il ne m'a pas crue. Je voudrais savoir
ce que pense de cela Melle Camille, et si elle en a
parlé à sa sœur. Du reste, lorsqu'elle est arrivée ici
je m'en étais fait une autre idée; je pensais qu'elle
allait tout contre-carrer, tout blâmer; au lieu de
cela elle ne se mêle de rien et ne quitte presque
point la chambre du petit Charles, qui, lui, raffole
de sa tante Camille. Il m'a paru même que Madame
en était un peu jalouse, et j'ai vu le moment, hier,
où elle allait pleurer de ce qu'il ne voulait ni aller
avec elle, ni l'appeler maman; et là-dessus cette
maladroité de Marthe de s'écrier : « Il faut l'excuser,
Madame, il en a si peu l'habitude. »

SCÈNE II

Mme LISVAL, FLORE.

Mme LISVAL.

Mme Duléris est-elle chez elle ?

FLORE.

Non, Madame, elle est sortie.

Mme LISVAL, *en s'asseyant.*

Je vais l'attendre un instant.

FLORE.

Madame ne peut tarder à rentrer.

Mme LISVAL.

Melle Brémont est toujours ici ?

FLORE.

Oui, Madame.

Mme LISVAL, *riant.*

C'est la plus singulière vieille fille que j'aie
jamais vue.

FLORE.

Madame paraît l'aimer.

Mme LISVAL.

L'aimer ! je suis sûre qu'elles se détestent, et que
Melle Camille est jalouse de la jeunesse et de la beauté
de sa sœur. Quand je dis beauté....

FLORE.

Madame est plutôt jolie que belle.

Mme LISVAL.

Et encore on pourrait lui disputer ce dernier

avantage. *Elle tire son mouchoir de sa poche et fait tombre une lettre.* Vous êtes une fille discrète, Flore, et je crois pouvoir me fier à vous.

FLORE.

Madame est bien bonne.

Mme LISVAL.

Je désirerais que vous ne parlassiez pas à votre maîtresse de la demande que je vais vous adresser.

FLORE.

Madame peut être assurée de mon silence.

Mme LISVAL.

Une personne qui s'intéresse à Mme Duléris, voudrait se procurer des renseignements positifs sur sa fortune, et connaître le nom du banquier qui en est, m'a-t-on dit, dépositaire. Jusqu'ici Mme Duléris a éludé de me répondre à ce sujet; mais vous, vous devez savoir ce nom?

FLORE.

Oui, Madame.

Mme LISVAL, *vivement.*

Quel est-il?

FLORE.

Le banquier de Mme Duléris s'appelle M. Blémont et demeure rue de la Paix.

Mme LISVAL, *à part.*

Voilà ce qu'il me fallait. *Se levant.* Mme Duléris ne vient pas, et je ne puis rester plus longtemps. Je vous recommande de la discrétion, Flore, et si vous avez jamais besoin de moi, vous pouvez venir me trouver.

FLORE.

Madame est bien bonne, et je l'en remercie.
Mme* Lisval sort.*

—◦◦◊◦◦—

SCÈNE III

FLORE *seule.*

Qu'avait-elle besoin de connaître le banquier de
ma maîtresse ? Après cela ces grandes dames sont
souvent si curieuses ! *Apercevant la lettre que*
Mme* Lisval a laissée tomber.* Qu'est-ce cela ? *Elle*
la ramasse. Une lettre ouverte. Voyons. *Elle lit.*
« Je suis contrariée, ma chère sœur, que vous ne
puissiez encore me donner aucun détail certain sur
la fortune de votre amie, ce qui me force à retarder
la demande que je comptais faire de sa main.
Mme Duléris, m'écrivez-vous, a mille prétentions
plus absurdes les unes que les autres, et celle de
donner le ton à sa société n'a abouti jusqu'ici qu'à
la couvrir de ridicule. Vous me citez à l'appui de
cette assertion de nombreuses autorités. Enfin,
selon votre habitude, vous terminez par une petite
méchanceté, en disant que votre amie tient au lieu
de sceptre une marotte. Que j'apprenne que la fortune de Mme Duléris est bien assise, bien solide, et
je prendrai aisément mon parti de tous ses petits
travers de femme à la mode, que je ferai cesser
quand bon me semblera. Ainsi, ma chère Clarisse,
procurez-moi le plus tôt possible les renseignements
que je vous demande, et comptez sur ma reconnaissance. » *Flore cessant de lire.* En vérité, voilà qui
est charmant, et je voudrais voir ce que dirait ma

maîtresse si une pareille lettre lui tombait en mains.
Mais est-elle méchante cette Mme Lisval ! *Elle rit.*
Mme Duléris croit tenir un sceptre, et elle ne tient
qu'une marotte. *Elle rit encore.*

—∘◦◇◦∘—

SCÈNE IV

CAMILLE, FLORE. *Camille est entrée pendant la fin
de la scène précédente, sans que Flore l'ait
aperçue.*

CAMILLE.

Vous me paraissez très-gaie, mademoiselle Flore;
mais comme aux éclats de votre gaieté se trouvait
mêlé le nom de ma sœur, je vous prierai de m'en
faire connaître le sujet.

FLORE, *avec beaucoup d'embarras.*

Mademoiselle.... certainement.... je ne me per-
mettrai pas....

CAMILLE.

Oh! je ne me paierai pas de vaines défaites, je
vous en préviens. Lorsque je suis entrée, vous pro-
nonciez des paroles fort impertinentes et dont je
veux avoir l'explication.

FLORE, *à part.*

Ma foi, j'ai envie de lui donner la lettre; tant pis
pour Mme Lisval après tout.

CAMILLE.

Hé bien ?...

FLORE.

Mademoiselle, c'est une lettre.

CAMILLE.

Comment, vous vous permettriez de lire une lettre de votre maîtresse.

FLORE.

Oh ! non, Mademoiselle, elle n'est pas de ma maîtresse.

CAMILLE.

Montrez-moi cette lettre.

FLORE.

La voici.

CAMILLE.

C'est bien ; retirez-vous.

FLORE.

Mais, Mademoiselle....

CAMILLE.

Vous m'avez entendue. *Flore sort.*

SCÈNE V

CAMILLE *seule. Elle parcourt rapidement la lettre.*

Et voilà cependant ceux que cette pauvre sœur préfère à son enfant, à sa famille ; ceux à qui elle sacrifie sa fortune, son repos, sa santé, et mille fois plus encore, le calme, la paix de son âme. Cette lettre peut me servir au besoin, et je ne m'en dessaisirai pas. Il est juste, ô mon Dieu ! que les armes des méchants tournent contre eux-mêmes. Mais le moment n'est pas venu encore, et je ne recourrai à ce moyen qu'en dernier ressort.

SCÈNE VI

CAMILLE , Mme DULÉRIS.

Mme DULÉRIS.

Je viens de la chambre de mon fils , je croyais t'y trouver.

CAMILLE.

En effet , je ne l'ai quitté que depuis un instant.

Mme DULÉRIS.

Tu veux qu'il te préfère à toute le monde.

CAMILLE.

Ah ! je te céderai volontiers la première place dans son cœur. Mais ce n'est pas par quelques caresses ou quelques bonbons distribués au hasard qu'on s'attache les enfants ; c'est en leur témoignant une tendresse toujours égale et tempérée par une juste sévérité.

Mme DULÉRIS.

Peut-être as-tu raison.

CAMILLE.

Puisses-tu, ma chère Aurélie, vouloir en faire un jour l'expérience! Mais puisque nous voilà seules un instant, ce qui est malheureusement fort rare, je voudrais te parler d'affaires.

Mme DULÉRIS.

Je t'écoute.

CAMILLE.

Tu sais qu'à l'époque de ton mariage , pour obliger M. Duléris , je lui confiai une somme de cinquante mille francs, qui m'avait été léguée par ma marraine.

Mme DULÉRIS, *avec crainte.*

Je ne l'ai pas oublié.

CAMILLE, *en souriant.*

Ce que tu as oublié du moins, ma chère Aurélie, c'est de m'en faire toucher le revenu, car depuis la mort de ton mari je n'ai rien reçu.

Mme DULÉRIS.

J'en parlerai à M. Blémont, mon banquier, et....

CAMILLE.

C'est inutile, et je t'abandonne volontiers la petite somme qui eût dû me revenir. Seulement, ma bonne, tu voudras bien prier M. Blémont de tenir le capital à ma disposition, car je me trouve en avoir besoin.

Mme DULÉRIS, *fort troublée.*

Ah! vraiment, tu vas te marier peut-être?

CAMILLE.

Me marier! ce serait un peu tard; et d'ailleurs je me dois à notre mère.

Mme DULÉRIS.

Cependant....

CAMILLE.

Quelques mots suffiront pour dissiper ton étonne-ment. J'ai l'intention d'acheter la petite terre de Limar, qui touche à notre habitation, et son pro-priétaire se trouvant précisément à Paris, je désire terminer cette affaire avant mon départ,

Mme DULÉRIS, *avec beaucoup d'agitation.*

Cela suffit ; tu es sans doute la maîtresse de disposer de ta fortune ; il me semble cependant.... enfin, je vais écrire à M. Blémont, lui écrire sans retard.

CAMILLE.

Ma demande ne te contrarie pas ?

Mme DULÉRIS.

Nullement. *A part.* Ah ! il faut que M. Blémont trouve cette somme à l'instant ; ma fortune entière dût-elle y passer.

CAMILLE, *à part.*

Comme elle paraît troublée! *Haut.* Tu m'obligeras d'autant plus en te hâtant que je suis forcée de te quitter plus tôt que je le supposais.

Mme DULÉRIS.

Ah ! pourquoi cela ?

CAMILLE.

Je viens de recevoir une lettre de notre mère ; et, bien qu'elle ne me le dise pas ouvertement, je vois que mon absence lui est trop pénible. Ainsi, ce soir, demain matin au plus tard , je serai partie.

Mme DULÉRIS.

Quel empressement !

CAMILLE.

Il ne peut te surprendre , lorsque je t'en ai fait connaître la raison.

Mme DULÉRIS, *avec ironie.*

Et qu'est devenue ton intention si formelle de m'emmener?

CAMILLE.

Hélas ! je la juge impraticable.

Mme DULÉRIS.

Avoue franchement que ton projet, en venant à Paris, était de faire cette acquisition et que tu n'en avais pas d'autre ?

CAMILLE.

Non, je t'assure que ce projet là n'était que secondaire.

Mme DULÉRIS.

Je sais ce qu'il en faut croire.

CAMILLE.

Tu me parais si heureuse que je craindrais presque de te faire changer de position ; tes arguments en faveur de ton séjour à Paris ont changé mes résolutions.

Mme DULÉRIS.

Heureuse !... *A part.* Ah ! oui, il faut qu'elle le croie.

CAMILLE, *vivement.*

Me serais-je trompée ?

Mme DULÉRIS.

Non, non, tu l'as dit ; je suis heureuse, très-heureuse.

CAMILLE.

Que pourrions-nous t'offrir comme compensation dans une triste ville de province ?

Mme DULÉRIS, *avec agitation.*

Oh ! rien, certainement. Mais je me retire pour écrire sans retard à M. Blémont. *Elle sort.*

SCÈNE VII

CAMILLE *seule. Elle regarde* Mme *Duléris qui s'éloigne.*

Pauvre sœur! Je le vois, elle est outrée; un tel procédé l'indigne, et j'y persévérerai néanmoins. Oh! pendant ces huit jours j'ai fait plus de chemin qu'elle ne pense; j'ai su réveiller dans son cœur des goûts, des sentiments que le monde avait étouffés. Sans blâmer trop ouvertement ses habitudes, ses occupations actuelles, j'appelais son attention sur nos douces et paisibles jouissances d'autrefois. Souvent je l'ai vu m'écouter d'un air ému, attendri, qui remplissait mon âme de la plus délicieuse joie. Maintenant je veux tenter une dernière épreuve; ah! que Dieu, dans son éternelle bonté, me seconde, et je réussirai dans la tâche si difficile que je me suis imposée. *Elle sort.*

SCÈNE VIII

Mme DULÉRIS *seule. Elle tient une lettre, et s'étant approchée de la sonnette, elle sonne avec violence. Flore paraît.*

Cette lettre à M. Blémont, mon banquier; qu'on dise au domestique de se hâter. *Flore sort.* O Camille! Camille! devais-je m'attendre à une semblable conduite. Je n'en puis revenir encore.... Quoi! sans me prévenir à l'avance, sans me demander si un tel remboursement opéré avec tant de promptitude ne doit pas compromettre ma fortune;

elle ne croit pas même devoir y mettre les formes
que se fût imposées un étranger. Et elle oserait
encore, après cela, me vanter ses affections de famille, comme étant plus vives, plus désintéressées
que toutes les autres.... Ah! je suis sûre qu'aucune de mes amies n'eût été susceptible d'un pareil
procédé.... Eh! mais, j'y pense! pourquoi ne me
suis-je pas adressée à l'une d'elles, plutôt que
d'écrire à M. Blémont de me procurer cet argent
à tout prix.... Oh! elles, elles me sont dévouées,
je n'en puis douter sans leur faire injure.... Je vais
écrire.

—◦◦◆◦◦—

SCÈNE IX

Mme DULÉRIS, Mme SAINCLAIR.

Mme DULÉRIS, *allant vivement à la rencontre de
Mme Sainclair.*

Ma chère amie! votre cœur, j'en suis sûre, vous
a dit que j'avais besoin de vous, que je vous appelais!...

Mme SAINCLAIR.

J'ai donc bien fait de l'écouter. Mais qu'avez-
vous?... Vous me paraissez émue, agitée...

Mme DULÉRIS.

Vous m'avez dit souvent, lorsque j'étais assez
heureuse pour vous rendre quelques légers services,
que vous seriez ravie de pouvoir m'obliger à mon
tour.

Mme SAINCLAIR, *en hésitant.*

Mais, oui; en effet, je me rappelle...

Mme DULÉRIS.

Hé bien, mon amie, l'occasion en est venue.

Mme SAINCLAIR.

Ah !...

Mme DULÉRIS.

Je me vois forcé d'opérer sans retard un remboursement assez considérable ; et si, par vous ou par vos connaissances, vous pouviez me venir en aide, au moins pour une partie, je vous en serais éternellement reconnaissante.

Mme SAINCLAIR, *avec embarras.*

En vérité, ma bonne amie, vous me voyez contrariée, désolée au dernier point... mais ma fortune est fort médiocre, et...

Mme DULÉRIS, *vivement.*

Vous avez des amies ?...

Mme SAINCLAIR.

Même pour moi, je ne saurais me décider à leur adresser une semblable demande.

Mme DULÉRIS, *avec amertume.*

Mais vous oubliez donc que maintes fois j'en ai reçu de semblables de votre part.

Mme SAINCLAIR, *avec dépit.*

Oh ! pour des bagatelles !

Mme DULÉRIS.

Veuillez oublier, Madame, une prière indiscrète.

Mme SAINCLAIR.

On m'avait déjà prévenue que vous étiez harcelée

par vos créanciers, mais je refusais de le croire.
Ainsi donc vous touchez à l'instant de votre
ruine?... Franchement, ma chère, vous dépensiez
beaucoup trop ; votre goût pour le luxe était porté
à un excès déraisonnable... Mais je ne saurais rester
plus longtemps, car on m'attend ; cependant, ma
toute belle, avant de vous quitter, je vous donnerai
quelques conseils. Réformez votre maison, cher-
chez moins à briller, et surtout payez vos dettes.
Elle sort.

--◦◦◊◦◦--

SCÈNE X

Mme DULÉRIS, *puis* Mme LISVAL.

Je suis confondue !... Qui l'aurait pensé ?... Ah !
la méchante femme, comme elle m'a trompée !...
Cruelle déception !... *Mme Lisval entre.* Oh ! non,
jamais je ne lui pardonnerai !

Mme LISVAL, *à part.*

A-t-elle déjà trouvé ma lettre ?...

Mme Duléris se laisse tomber sur un siége,
Mme Lisval s'approche d'elle.

Mme LISVAL.

Qu'avez-vous donc, ma très-chère ?

Mme DULÉRIS, *se levant.*

Oh ! rien... je suis contrariée !... je suis outrée
contre une ingrate amie !

Mme LISVAL, *à part.*

Elle l'a lue. *Haut.* Ma belle, les apparences sont
quelquefois trompeuses.

Mme DULÉRIS.

Les apparences, c'est possible, mais lorsqu'on a des preuves?

Mme LISVAL, *à part*.

Je ne puis plus en douter. Maudite étourderie ! *Haut.* Vous êtes si bonne, si indulgente, que je suis sûre que vous excuserez...

Mme DULÉRIS, *vivement*.

Jamais ! jamais !... Oh ! mon cœur a été trop froissé !

Mme LISVAL, *à part*.

Pauvre petite femme !... Son cœur... Elle veut dire sans doute son amour-propre. *Haut.* Ainsi l'assurance formelle que tout cela n'était qu'un pur badinage vous trouverait inexorable?

Mme DULÉRIS.

Elle me trouverait même incrédule ; d'ailleurs, un tel badinage serait par trop cruel.

Mme LISVAL, *d'un ton fort piqué*.

En ce cas, il est inutile d'insister davantage ; je n'aime pas à m'humilier, et surtout en vain. *Mme Duléris la regarde avec étonnement.* Mais avant de nous séparer, ma chère, je ne puis m'empêcher de vous dire que la vérité seule peut blesser aussi profondément. *Mme Lisval fait une légère inclination de tête et se retire.*

—◦◦◇◦◦—

SCÈNE XI

Mme DULÉRIS *seule*.

Que signifie un tel langage?... Et comment Mme Sainclair, qu'elle détestait, a-t-elle pu la gagner ainsi à sa cause?... Mais à peine ont-elles pu se voir... Je n'y comprends rien en vérité... Ah! leur conduite est bien cruelle! surtout dans un tel moment... Tout le monde m'abandonne, me trahit à la fois! et j'ai l'âme navrée... Je vais voir mon fils, l'embrasser. Mon fils!... ne l'ai-je pas en partie ruiné par mes folles dissipations?... Pauvre enfant! que lui restera-t-il?... Et plus tard ne maudira-t-il pas sa mère?... Ah! l'on peut bien parfois s'étourdir sur de telles pensées, mais elles reviennent toujours!... C'est égal, je veux aller l'embrasser, il me semble que cela me fera du bien. *Elle sort en se soutenant la tête avec la main.*

SCÈNE XII

FLORE *seule*.

Que peut donc avoir Madame?... Comme elle paraît triste!... Ma foi, je pense qu'il est temps de songer à quitter la maison; j'ai l'envie de demander mon compte de suite... Puis l'histoire de cette lettre me chiffonne... Allons, c'est décidé. *Au moment où elle va pour sortir, elle se rencontre avec Camille.*

SCÈNE XIII

CAMILLE, FLORE.

CAMILLE.

Allez prévenir ma sœur que je désire la voir avant mon départ.

FLORE.

Comment! Mademoiselle s'en va?

CAMILLE.

Pas de commentaires, je vous prie, et acquittez-vous de ma commission.

FLORE.

Je vois que je n'ai pas le bonheur de plaire à Mademoiselle. Il est vrai que je n'ai pas la douceur de caractère de Marthe.

CAMILLE.

Non, ma fille, et surtout son dévouement à ses maîtres.

FLORE.

Malheureusement on ne se fait pas.

CAMILLE.

Non, mais on se corrige. Allez, j'attends. *Flore sort.*

—◦◦◦◦◦◦—

SCÈNE XIV

CAMILLE *seule.*

Ah! je suis bien émue! Si je ne remporte pas la victoire maintenant, je la jugerai presque désespérée. Alors je partirai, j'irai trouver notre pauvre

mère et je lui dirai : Votre Aurélie est perdue pour
nous à jamais !... Mais non, je veux éloigner ces
tristes pressentiments, conserver la pensée d'un plus
doux avenir où je vois réunis tous les objets de mes
affections. J'entends Aurélie.

—◦◦⟨◦⟩◦◦—

SCÈNE XV

Mᵐᵉ DULÉRIS, CAMILLE.

Mᵐᵉ DULÉRIS, *d'un ton très-froid.*

Comment, Camille, tu persistes à me quitter
sur-le-champ ?

CAMILLE.

Tu ne peux m'en vouloir, puisque tu connais la
raison qui me force de hâter autant mon départ.

Mᵐᵉ DULÉRIS.

Tu as terminé tes affaires? Ton acquisition?...

CAMILLE.

L'acte est signé.

Mᵐᵉ DULÉRIS.

En effet, M. Blémont vient de m'écrire qu'il était
heureusement en mesure de te rembourser sur-le-
champ.

CAMILLE.

J'ai été fort satisfaite de son empressement.

Mᵐᵉ DULÉRIS.

Je lui avais donné des ordres en conséquence.

CAMILLE.

Je t'en remercie. Que dirai je pour toi à notre
mère ?

Mme DULÉRIS, *avec émotion.*

Que, bien qu'absente, je pense souvent à elle;
que, pendant un instant, j'avais songé à aller l'embrasser, mais des circonstances...

CAMILLE.

Achève.

Mme DULÉRIS.

Non, ne lui dis rien.

CAMILLE.

Pourquoi donc?

Mme DULÉRIS.

Parce qu'elle ne peut être juge entre nous deux.

CAMILLE.

Explique-toi.

Mme DULÉRIS.

Ah! Camille, tu m'as fait bien mal!... Moi qui
me croyais si sûre de ton amitié; qui avais été si
profondément touchée de ton arrivée ici, tant que
je n'en avais pas connu le véritable motif.

CAMILLE.

Et tu crois le connaître maintenant?

Mme DULÉRIS.

A moins que d'être stupidement aveugle....

CAMILLE.

Il est inutile alors que je cherche à me justifier.

Mme DULÉRIS.

On a pu me reprocher une conduite frivole, dis-
sipée; je ne nie même pas vous avoir négligées;
mais, du moins, on ne me verra jamais emprunter

le masque de l'amitié.... Ah ! je suis folle de parler
ainsi.

CAMILLE.

Pourquoi donc, si tu parles selon ton cœur et ta
conscience ?

Mme DULÉRIS.

De l'ironie encore ! Ah ! c'en est trop !

CAMILLE.

Je vais partir ; mais auparavant je veux te prier de
remettre ceci à ton fils, de ma part. *Elle donne à
Mme Duléris deux rouleaux de papiers.*

Mme DULÉRIS.

Qu'est-ce donc ?

CAMILLE.

Une légère marque de mon tendre attachement
pour lui.

Mme DULÉRIS, *ouvrant l'un des rouleaux avec beaucoup d'émotion.*

Ciel ! Que vois-je ! Oh ! non, c'est impossible.

CAMILLE, *en souriant.*

Cependant, à moins d'être stupidement aveugle.

Mme DULÉRIS.

La terre de Lémar achetée au nom de mon fils,
pendant que moi je l'ai ruiné !...

CAMILLE.

Que dis-tu ?

Mme DULÉRIS.

Oui, tu ne sais pas encore à quel point j'étais coupable ; jamais mon revenu n'eût pu suffire à mes
folles dépenses ; et depuis trois ans j'ai contracté de

nombreuses dettes que je ne pourrai acquitter sans sacrifier la majeure partie de ma fortune. Voilà, Camille, ce que Charles saura un jour, et ce qu'il sera en droit de me reprocher; tandis que toi, ma bonne, mon excellente sœur, tu te seras dépouillée pour lui.

CAMILLE.

En effet, il serait fâcheux que ton fils apprît que tu ne t'es pas toujours comportée en bonne et tendre mère; mais tu trouveras peut-être dans les autres rouleaux un moyen de le lui cacher.

Mme DULÉRIS. *Elle ouvre l'autre rouleau avec des mains que son émotion rend tremblantes, puis elle le feuillette rapidement.*

Tous mes créanciers payés!... Voilà leurs mémoires acquittés!... Ah! je n'ose plus lever les yeux.

CAMILLE.

Cependant, mon amie, ce n'est pas à moi cette fois que doit s'adresser ta reconnaissance; l'argent qui a servi à te libérer, est le fruit des économies de notre bonne mère pendant quinze ans !...

Mme DULÉRIS.

Non, Camille, jamais, jamais je n'aurai le courage de reparaître devant elle.

CAMILLE.

Elle te désire et t'attend.

Mme DULÉRIS.

Mais comment aviez-vous appris?

CAMILLE, *mettant un doigt sur sa bouche.*

Chut! c'est le secret de l'amitié.

Mme DULÉRIS.

Me pardonnes-tu mes injurieux soupçons, mes paroles amères ?

CAMILLE.

Enfant, ai-je jamais su te garder rancune.

— ◦◇◦ —

SCÈNE XVIme ET DERNIÈRE

Les précédentes, MARTHE.

MARTHE, *accourant.*

Mademoiselle Camille, est-il bien possible que vous nous quittiez aujourd'hui ?

CAMILLE.

Non, Marthe, je reste jusqu'à demain. *Elle regarde Mme Duléris qui paraît rêveuse.* Puis j'irai revoir notre cher pays.

Mme DULÉRIS, *tendant la main à Camille.*

Je pars avec toi.

MARTHE.

Et moi donc ?

Mme DULÉRIS.

Tu nous accompagnes avec Charles, cela va sans dire.

MARTHE, *avec joie.*

Ah ! Madame, que le Ciel vous bénisse pour cette bonne résolution ! Et nous resterons longtemps n'est-ce pas, dans ce cher pays ? bien longtemps.

Mme DULÉRIS.

Nous y resterons toujours.

CAMILLE.

Aurélie, dis-tu vrai ?

Mme DULÉRIS.

Oui, je chargerai M. Blémont de tout vendre ici, et je ne vous quitterai plus.

CAMILLE.

Ma bonne, ma chère Aurélie, ah ! que tu me rends à la fois fière, heureuse ! Je t'ai donc reconquise sur ce monde qui t'avait enlevée à nous.

MARTHE.

Retourner dans mon pays pour ne plus le quitter ! Ah ! je me sens rajeunie d'au moins dix années. Mais, Madame, c'est bien sûr que vous ne regretterez pas trop Paris.

Mme DULÉRIS.

Je m'efforcerai d'oublier ses plaisirs ; ma mère, Charles et toi, ma chère Camille, vous m'y aiderez.

CAMILLE.

Oh ! sois tranquille, nous t'en procurerons de plus doux et de plus durables. Puis, si je voyais tes regrets reprendre le dessus, je te montrerais certaine lettre que le hasard a fait tomber entre mes mains, et qui te prouverait combien est fausse et trompeuse l'admiration de ce monde, qui fait payer bien chèrement les vains éloges qu'il vous accorde.

LES DANGERS DE L'INDISCRÉTION

COMÉDIE EN DEUX ACTES.

PERSONNAGES :

Mme DE PRÉVIGNY.

URSULE LESURMONT, sa fille.

SOPHIE, jeune orpheline, nièce de Mme de Prévigny.

CÉCILE VARNUS.

VICTORINE LATOUR.

ELISA LAMBERT.

CAROLINE LAMBERT.

MARIE LESURMONT, âgée de cinq ans, fille de Mme Lesurmont.

DOROTHÉE, domestique de Mme de Prévigny.

ROSE, bonne de la petite Marie Lesurmont.

La scène se passe à Paris chez Mme de Prévigny.

LES

DANGERS DE L'INDISCRÉTION

COMÉDIE EN DEUX ACTES.

—◦◇◦—

SCÈNE PREMIÈRE

Le théâtre représente un salon.

URSULE LESURMONT, SOPHIE.

SOPHIE.

Ma bonne cousine, ma chère Ursule, que je suis heureuse de vous voir ! Quelle charmante surprise vous nous prépariez ! Oh ! lorsque ma tante va apprendre votre arrivée, quel sera son bonheur !

URSULE.

Il ne pourra qu'égaler le mien, chère Sophie. M. Lesurmont m'annonce, il y a huit jours, qu'il part pour Paris, qu'il nous emmène ; si tu avais vu alors ta folle cousine sautant de joie comme une véritable enfant ! Mais aussi j'allais revoir mon excellente mère, dont je suis séparée depuis deux ans ; toi, ma bonne Sophie, que j'aime comme une sœur ; j'allais vous présenter ma petite Marie, dont je suis si fière, et que vous connaissez à peine. Oh ! vois-tu, tel était mon ravissement, que je ne savais comment remercier M. Lesurmont.

SOPHIE.

Ainsi ce voyage s'est décidé tout à coup ? car,

dans ta dernière lettre, tu ne nous en parlais pas.

URSULE.

Je te raconterai cela plus tard. Mais quel dommage que ma mère soit sortie! Je me faisais une fête de vous surprendre toutes deux à la fois.

SOPHIE.

Mais pourquoi avoir été descendre à l'hôtel?.... ma tante ne le souffrira pas.

URSULE.

Il le fallait, ma bonne amie, et tu sens bien que j'ai essayé d'abord de combattre cette résolution de M. Lesurmont; mais il m'a fait comprendre que j'avais tort pour deux raisons : la première, c'est que nous eussions gêné ma mère dans son petit appartement; puis il est essentiel que mon mari ne soit pas trop éloigné du ministère. Cependant, sois tranquille, nous nous verrons souvent. Puis... mais je ne veux pas te parler encore de cela, le moment n'est pas venu.

SOPHIE.

Quoi donc?

URSULE.

Plus tard, plus tard... Maintenant que je t'ai embrassée et que tu m'assures que ma mère ne sera de retour que dans une heure, je vais retourner à l'hôtel. Ma petite Marie sera peut-être éveillée; M. Lesurmont revenu du ministère, où il a dû se rendre sur-le-champ. Puis nous viendrons tous trois surprendre ma bonne mère. Je puis compter sur ton silence, n'est-ce pas?

SOPHIE.

Sans doute.

URSULE, *riant*.

Oh ! c'est que je n'ai pas oublié que lorsque ma chère Sophie était jeune, la discrétion n'était pas sa vertu favorite.

SOPHIE, *avec un peu d'embarras*.

Méchante !

URSULE.

Il y a sept ans de cela, tu étais une enfant : l'âge et la raison ont dû te corriger. Au revoir, ma bonne cousine, je cours chercher ma fille. *Elles s'embrassent ; Ursule sort.*

SCÈNE II

SOPHIE *seule*.

Cette chère Ursule, l'éloignement ne l'a pas changée, et elle aime toujours sa famille avec la même tendresse. Comme ma tante va être heureuse !... Bien qu'elle osât à peine s'en plaindre, je sais, moi, que l'absence de sa fille a laissé dans son cœur une plaie douloureuse. Mais veuve, sans fortune, n'ayant d'autres ressources qu'une modeste pension, elle a dû, en établissant ma cousine, s'oublier complètement. Puis M. Lesurmont a tant de droiture, de noblesse dans le caractère, que le bonheur d'Ursule n'était pas douteux.

SCÈNE III

SOPHIE, DOROTHÉE, *elle porte un panier dans lequel se trouvent des fruits et des légumes.*

DOROTHÉE.

Voilà mon marché fini. Oh ! Melle Sophie, c'est

une horreur, voyez-vous, comme tout augmente ! et
chaque fois qu'il faut aller à la provision, cela me
donne une humeur ! une humeur !...

SOPHIE, *riant.*

En vérité, cette pauvre Dorothée, comme je la
plains !

DOROTHÉE.

Oui, oui, riez, ce n'est pas vous qui avez le
mal, n'est-ce pas ?

SOPHIE.

J'en suis désolée pour vous, ma bonne ; mais il
vous faudra encore vous imposer aujourd'hui cette
tâche si désagréable.

DOROTHÉE.

Ah ! bien oui, par exemple ; comptez-y.

SOPHIE.

Ah c'est comme cela, ma pauvre Dorothée.

DOROTHÉE.

Je sais ce dont nous avons besoin peut-être.

SOPHIE, *riant.*

Non, car nous aurons des convives. Que direz-
vous à cela ?

DOROTHÉE.

Des convives ! et Madame ne m'aurait pas prévenue ! Elle ménage un peu plus sa vieille Dorothée,
Mamzelle. Hé bien, oui, des convives !

SOPHIE.

Mais ma tante ignore elle-même !...

DOROTHÉE.

Ah! voilà du nouveau. C'est donc vous, Mamzelle, qui avez fait les invitations?

SOPHIE, *riant.*

Ils se sont invités eux-mêmes, Dorothée.

DOROTHÉE, *avec humeur.*

Voilà du sans-gêne, j'espère. Je parie que c'est Melle Cécile Varnus, ou bien Melle Victorine Latour.

SOPHIE.

Vous n'y êtes pas.

DOROTHÉE.

Mais enfin.

SOPHIE, *se rapprochant de Dorothée.*

C'est.... N'allez pas trahir le secret au moins.

DOROTHÉE.

Eh non.

SOPHIE.

C'est Ursule qui est arrivée ce matin avec son mari et sa fille.

DOROTHÉE, *élevant la voix.*

Mme Ursule qui est arrivée! bien vrai?...

SOPHIE.

Chut! voilà ma tante.

—◦◦◇◦◦—

SCÈNE IV

Les précédentes, Mme DE PRÉVIGNY.

Mme DE PRÉVIGNY, *entrant précipitamment.*

Qu'ai-je entendu, Sophie? Dorothée, qu'avez-

14

vous dit? Ma fille.... elle est arrivée.... Oh! où est-elle?... Mais répondez donc?... Ursule! mon enfant, elle serait ici!

DOROTHÉE.

Ma foi, je n'en sais rien, moi, c'est Melle Sophie...

Mme DE PRÉVIGNY.

Hé bien, Sophie, ma fille....

SOPHIE.

Je lui avais promis le secret, que va-t-elle dire?

Mme DE PRÉVIGNY.

Enfin, elle est arrivée, n'est-ce pas? Où est-elle? Tu l'as déjà vue, toi, tu l'as embrassée la première!... Pourquoi ne m'a-t-elle pas attendue? J'ai été absente une heure à peine, était-ce donc assez pour lasser sa patience? Ah! moi, pour la voir un instant plus tôt, rien ne m'eût arrêtée!...

SOPHIE.

Ma chère tante, Ursule va revenir; mais elle a dû retourner à l'hôtel où ils sont descendus....

Mme DE PRÉVIGNY.

Comment à l'hôtel! ils ne logent pas chez moi? Mais elle me considère donc comme une étrangère? Ah! Ursule! Ursule!

SOPHIE.

Ma tante, calmez-vous; Ursule vous expliquera elle-même les raisons, et vous verrez....

Mme DE PRÉVIGNY.

Non, c'est mal, te dis-je, et jamais je n'aurais cru....

SCÈNE V

Les précédentes, URSULE, MARIE, ROSE.

URSULE, *accourant se jeter dans les bras de Mme de Prévigny.*

Ma mère, ma bonne mère, ah! que je suis heureuse!

Mme DE PRÉVIGNY, *d'un ton un peu contraint.*

Ah! te voilà! je t'attendais et...

URSULE, *vivement.*

Comment, vous m'attendiez?

Mme DE PRÉVIGNY.

Mais sans doute. Et cette attente m'était d'autant plus pénible que je savais que tu étais déjà venue et que tu aurais pu me l'épargner.

URSULE, *d'un ton de reproche.*

Ah! Sophie! Sophie! tu m'avais promis...

SOPHIE.

Ce n'est pas ma faute, je t'assure, c'est Dorothée qui...

URSULE.

Je n'avais rien recommandé à Dorothée, je ne l'avais pas vue seulement. En arrivant à l'hôtel j'ai appris que mon mari n'était pas encore de retour, mais ma petite Marie était évillée, et ne pouvant résister à mon désir de vous embrasser, ma mère, j'ai préféré revenir de suite avec ma fille.

MARIE.

Mais tu ne m'as encore rien dit, bonne maman,

et ma petite mère m'assurait que tu serais si contente de me voir.

Mme DE PRÉVIGNY, *en embrassant Marie.*

Chère enfant, elle avait raison, je suis heureuse,
bien heureuse. *Tendant la main à sa fille.* Ursule,
ma fille, je crains d'avoir été injuste, mais tu
connais mon cœur.

URSULE.

C'est celui de la plus tendre, de la meilleure des
mères. *Elles s'embrassent de nouveau.*

MARIE, *d'un air fier.*

Bonne maman, je lis couramment dans tous les
livres, et je sais dire mes prières sans en manquer
un mot.

Mme DE PRÉVIGNY.

Voilà qui est très-bien, mon enfant, surtout si
tu joins à cela de la docilité et un bon caractère.

MARIE.

Oh ! je ne suis pas toujours docile, n'est-ce pas,
maman ?

URSULE.

C'est vrai.

MARIE.

Maman, est-ce qu'en voyage on ne déjeune pas ?

Mme DE PRÉVIGNY, *riant.*

Mais si, vraiment, ma chère enfant, Dorothée
va te servir.

URSULE.

Emmenez Marie, Rose, vous savez ce qui lui
convient.

ROSE.

Oui, Madame. Venez, mademoiselle Marie.

MARIE.

C'est que j'aimerais mieux déjeuner ici, moi.

URSULE.

Cela ne se peut pas, ma fille, suivez votre bonne.
*Mme de Prévigny prend la main de Marie et la
conduit jusqu'à la porte. Pendant ce temps Sophie
s'approche de sa cousine, à qui elle tend la main.*

SOPHIE.

Ursule, me pardonnes-tu?

URSULE.

Oui, mais tu m'as gâté mon plaisir.

—◦◦◇◦◦—

SCÈNE VI

Mme DE PRÉVIGNY, URSULE, SOPHIE.

Mme DE PRÉVIGNY.

Deux ans sans t'avoir vue! ma fille chérie! ah!
c'était bien long !

URSULE.

Oui, mais si je ne partais plus, si au lieu de
retourner à deux cents lieues de Paris, nous y
restions toujours?

Mme DE PRÉVIGNY et SOPHIE.

Que dis-tu? Il se pourrait !

URSULE.

Oh! ma mère, ma bonne Sophie, cela n'est

encore qu'un espoir, mais peut-être va-t-il bientôt
se réaliser.

Mme DE PRÉVIGNY.

Explique-toi ?

URSULE.

Vous savez qu'il y a six ans, lorsque j'épousai
M. Lesurmont, il était au moment d'obtenir une
place fort avantageuse au ministère de la marine;
un compétiteur plus heureux l'emporta, et nous
dûmes partir.

Mme DE PRÉVIGNY, *en soupirant.*

Oh ! je ne l'ai pas oublié.

URSULE.

Cette place est encore une fois vacante, car celui
qui l'occupait vient de mourir, et mon mari a de
fortes raisons d'espérer qu'il obtiendra la préférence
sur ses nombreux rivaux.

Mme DE PRÉVIGNY.

Ah ! puisse cette espérance se réaliser !

SOPHIE.

Et tu ne partirais plus ?

URSULE.

Non ; aussi vous devez comprendre ma joie.

Mme DE PRÉVIGNY.

Ce serait trop de bonheur pour oser m'en flatter.

URSULE.

Sans doute, ma bonne mère, nous en serions
redevables à vos prières.

Mme DE PRÉVIGNY.

Oh! mes enfants, elles ne vous ont jamais manqué.

URSULE.

Mon mari tenait essentiellement à voir le ministre avant que son arrivée ici fût connue et ne donnât l'éveil à ses nombreux compétiteurs; c'est pourquoi, chère maman, il n'a pu venir encore vous présenter ses respects. Mais vous lui pardonnez, n'est-ce pas?

Mme DE PRÉVIGNY.

Oh! oui, surtout s'il ne m'enlève plus ma fille.

URSULE.

Espérons.

Mme DE PRÉVIGNY.

Et dis-moi, mon enfant, tu es toujours heureuse?

URSULE.

Oh! bien heureuse! M. Lesurmont est le meilleur des hommes; je trouve en lui à la fois un guide éclairé, un tendre protecteur, un ami dévoué.

Mme DE PRÉVIGNY.

Je l'avais donc bien jugé; et sa piété toujours si exemplaire m'était un sûr garant de ses autres vertus.

URSULE.

Si vous saviez, ma mère, comme sa bonté s'étend à tout ce qui souffre. Cet hiver encore, elle a été bénie par un malheureux proscrit qu'elle a rendu à son pays, à sa famille. Je vous raconterai

cela, mais à vous seulement ; car, dans cette circonstance, M. Lesurmont a plutôt écouté les inspi-
rations de son cœur que celles de la prudence.
Heureusement tout s'est bien passé, et mon mari
n'a pas été soupçonné, comme je l'avais craint
d'abord.

Mme DE PRÉVIGNY.

Ainsi je puis toujours m'applaudir d'avoir ac-
cordé ta main à M. Lesurmont ?

URSULE.

Oh ! oui ; et s'il obtient cette place, rien ne man-
quera à mon bonheur. Nous ne sommes pas riches,
mais les appointements de mon mari suffisent amplement à nos besoins, qui sont fort modestes, et
nous permettent encore de faire quelques économies
pour notre enfant. Demander plus, ce serait être
ingrat envers la Providence, et j'espère que ni Auguste ni moi ne le serons jamais.

SCÈNE VII

Les précédentes, ROSE.

ROSE, *à Mme Lesurmont.*

Madame, voici une lette qu'un commissionnaire
est venu apporter pour vous.

URSULE.

Une lettre ! Voyons. Ah ! c'est de mon mari ! Que
peut-il me dire ? *Rose sort.*

SOPHIE.

Comme te voilà tremblante ! *Ursule lit.*

Mᵐᵉ DE PRÉVIGNY.

Il ne te mande point de fâcheuses nouvelles,
j'espère ?

URSULE.

Oh ! non ; écoutez : « Ma chère Ursule, je n'ai
pu encore voir le ministre ; mais son secrétaire m'a
positivement assuré que c'était moi qui avais le
plus de chances d'obtenir la place, quoiqu'elle soit
très-vivement sollicitée. Il m'a fortement engagé à
ne point trop m'éloigner du ministère et à tâcher
que mon arrivée ici ne s'ébruite pas. Aussitôt que
Son Excellence sera de retour, il m'en fera donner
avis, car il est essentiel que je lui parle moi-même.
Je n'ose donc quitter l'hôtel pour aller te rejoindre
chez notre bonne mère, ainsi que nous en étions
convenus, et, nouvelle disgrâce, je crains bien
d'être retenu prisonnier pendant plusieurs heures
encore. Je compte sur l'indulgence de Mᵐᵉ de Prévigny pour m'excuser ; peut-être aussi lui inspirera-t-
elle un aimable moyen d'abréger ma pénible solitude.
Mes compliments affectueux à ma petite cousine. »
Ursule en pliant la lettre : Hé bien, ma mère,
vous rendrez-vous à cette requête ?

Mᵐᵉ DE PRÉVIGNY.

Sans doute. Partons à l'instant, je suis prête.

SOPHIE.

Et moi donc ?

URSULE.

Toi, ma chère Sophie, je te serais mille fois
reconnaissante si tu consentais à veiller sur Marie

15

pendant mon absence, car je ne me fie pas complètement à Rose.

SOPHIE.

Soit, je resterai; mais revenez le plus promptement possible.

URSULE.

Oh ! tu peux y compter. *Sophie passe son bras
sous celui d'Ursule, et sort avec sa tante et sa
cousine.*

———

SCÈNE VIII

DOROTHÉE *seule.*

Hé bien, tout le monde s'en va, et sans me dire
seulement à quelle heure on doit dîner. Ah ! si ce
n'était moi qui règle tout dans la maison, cela irait
bien, en vérité. Mme de Prévigny est heureuse de
m'avoir. Je vous demande un peu ce qu'elle ferait,
par exemple, d'une petite écervelée comme cette
Melle Rose, qui n'est bonne à rien qu'à bavarder
comme une pie borgne. C'est toujours : Dans mon
pays on fait ceci, dans mon pays on fait cela. Enfin
elle m'a si bien échauffé les oreilles que j'étais
tentée de l'engager à y retourner tout de suite dans
ce modèle de pays. Mais cela eût contrarié peut-être
cette bonne Mme Ursule, et Dieu sait si je voudrais
lui faire de la peine ! *On entend sonner.* Bon, qui
est là maintenant ? Mais c'est égal, je renvoie tout le
monde. *Elle regarde du côté de la porte.* Voilà-t-il
pas cette demoiselle *fait tout* qui se mêle d'ouvrir
la porte ! Hé bien, par exemple, je vais lui dire
son fait.

SCÈNE IX

Melle CÉCILE VARNUS, DOROTHÉE, ROSE.

CÉCILE.

Dorothée, voulez-vous bien prévenir Sophie de mon arrivée.

DOROTHÉE.

Il n'y a personne à la maison, Mademoiselle.

CÉCILE.

Comment! mais on vient de m'assurer le contraire.

DOROTHÉE.

On vous a trompée, dans ce cas.

CÉCILE, *à Rose.*

Ne m'avez-vous pas dit que Melle Sophie était ici?

ROSE.

Sans doute, Mademoiselle, puisqu'elle joue là-bas avec la petite.

CÉCILE, *à Dorothée.*

Vous l'entendez?

DOROTHÉE.

En ce cas, que Mademoiselle *l'entendue* aille la prévenir; moi, j'ai mon ouvrage.

CÉCILE.

En vérité, toujours aimable. *A Rose.* Voulez-vous, ma bonne, me rendre ce petit service?

ROSE

Volontiers, Mademoiselle. *Elle sort.*

DOROTHÉE, *en sortant aussi.*

Votre servante, Mademoiselle. *A part.* Je déteste cette petite personne! Si tout le monde était comme moi ici, on ne l'y recevrait guère.

CÉCILE, *en regardant la vielle domestique s'éloigner.*

Quelle détestable créature!

SCÈNE X

SOPHIE, CÉCILE.

SOPHIE.

Bonjour, ma chère Cécile.

CÉCILE.

Je te dérange, peut-être?

SOPHIE.

Nullement, je t'assure.

CÉCILE.

Tu étais avec quelqu'un?

SOPHIE, *riant.*

Oui, vraiment, avec très-haute et très-puissante personne, Melle Marie Lesurmont.

CÉCILE, *vivement.*

Quoi! Ursule serait ici?

SOPHIE.

Arrivée ce matin même, ma chère.

CÉCILE.

Voilà une nouvelle qui me rend bien joyeuse.

SOPHIE.

Cependant, si ma mémoire est fidèle, tu n'aimais pas beaucoup Ursule autrefois.

CÉCILE.

Quelle folie ! Des querelles d'enfants ; qui songe à cela à présent ?

SOPHIE.

Oh ! tu n'étais plus si enfant.

CÉCILE.

Et son mari l'a sans doute accompagnée ?

SOPHIE.

Oh ! cela va sans dire.

CÉCILE.

Arrivés ce matin seulement, ne m'as-tu pas dit qu'ils étaient déjà sortis ?

SOPHIE.

Ils ne logent pas ici ; M. Lesurmont a voulu rester à l'hôtel.

CÉCILE.

Voilà qui est surprenant. Mais je crois me rappeler que Mme de Prévigny n'a jamais beaucoup affectionné son gendre.

SOPHIE.

Tu es à cet égard dans une complète erreur ; ma tante aime et estime M. Lesurmont, qui sans cela n'eût pas obtenu la main de sa fille.

CÉCILE.

Mais tu conviendras qu'il est au moins singulier

qu'ils ne logent pas chez leur mère, et qu'il est
permis, d'après cela, de douter de la bonne intelligence.:..

SOPHIE.

Pourquoi donc? Mon cousin est venu à Paris
pour affaires, et il trouve plus commode de rester
à l'hôtel.

CÉCILE, *vivement.*

Que ne le disais-tu plus tôt? A moins qu'à cet
égard encore ma mémoire ne me soit infidèle,
M. Lesurmont n'a pas toujours été, je crois, dans
e commerce?

SOPHIE, *éclatant de rire.*

Dans le commerce! Mais, ma pauvre Cécile, où
as-tu la tête aujourd'hui? Mon cousin dans le com-
commerce !

CÉCILE.

Il est certain que tu t'expliques ou que je comprends mal. Mais je croyais avoir entendu que
M. Lesurmont était venu à Paris pour affaires.

SOPHIE.

Il existe d'autres affaires que celles du commerce.

CÉCILE.

C'est vrai. *A part.* Il faut absolument que je
sache.... *Haut.* Ton cousin est employé, je crois,
au ministère de la guerre?

SOPHIE.

Mon cousin est, et a toujours été, dans le dé-
partement de la marine.

CÉCILE.

Je me le rappelle maintenant ; en effet, où ai-je donc la tête ?... Il vient de Bordeaux.

SOPHIE.

Hé non, de Bayonne.

CÉCILE.

Oh ! j'y suis maintenant ! Et il a obtenu son changement ?

SOPHIE.

Pas encore.

CÉCILE.

Il le sollicite du moins ?

SOPHIE, *d'un ton confidentiel.*

Je ne le dirais pas à tout le monde, parce qu'il se peut que nos espérances ne se réalisent point ; mais....

CÉCILE, *avec curiosité.*

Achève.

SOPHIE.

Tu me promets le secret, n'est-ce pas ?

CÉCILE, *vivement.*

Sans doute, mais achève donc.

SOPHIE.

Il espère être nommé ici même, à Paris.

CÉCILE.

Comment ! il remplacerait M. Mérinval ?

SOPHIE.

Lui-même.

CÉCILE, *à part.*

La place que veut avoir mon frère !... Ah ! par

exemple !.... *Haut*. Mais ce serait charmant, en vérité, pour lui et pour vous.

SOPHIE.

Juge de notre bonheur, s'il réussit !

CÉCILE.

Comment donc, mais je le partage... Cette chère Ursule !... *A part*. Oh ! j'espère bien qu'il échouera ! *Haut*. Et vous avez beaucoup d'espoir ?

SOPHIE.

Presque la certitude, ma bonne Cécile.

CÉCILE.

Le ministre a promis ?

SOPHIE.

Pas encore, mais son secrétaire a dit à M. Lesurmont qu'il était animé des meilleures intentions à son égard, et que selon toutes probalités il aurait la préférence.

CÉCILE.

En effet, c'est très-encourageant. *A part*. Je vais prévenir mon frère, pour que de son côté il agisse avec chaleur. *Haut*. Je regrette de ne pouvoir rester plus longtemps ; j'aurais été si heureuse d'embrasser cette chère Ursule !... mais on m'attend.

On entend au dehors la voix de la petite Marie, qui crie : « Cousine !.... Cousine !.... Voilà papa, maman, bonne-maman, ils reviennent tous !... »

SOPHIE.

Ils ne peuvent arriver plus à propos pour toi.

CÉCILE.

Oh ! tu m'excuseras auprès d'eux ; mais il m'est vraiment impossible de demeurer deux minutes de plus. Tu diras à Ursule mes vifs regrets ; d'ailleurs, nous nous reverrons... Adieu ! ma chère Sophie ! adieu !

SOPHIE.

Voilà un singulier empressement.

CÉCILE.

On m'attend, te dis-je, adieu !

ACTE DEUXIÈME

Le décor n'a point changé.

SCÈNE PREMIÈRE

Mᵐᵉˢ DE PRÉVIGNY, ÉLISE LAMBERT, CAROLINE LAMBERT.

Mᵐᵉ DE PRÉVIGNY.

Sophie est sortie, ma chère Elise, et elle le regrettera vivement en apprenant votre aimable visite ; mais je lui en rendrai compte, et je ne doute pas qu'elle ne s'empresse à son tour d'aller vous voir. Elle vous considère toutes deux comme ses meilleures amies.

ÉLISE.

Nous le pensions ainsi, Madame, mais....

Mᵐᵉ DE PRÉVIGNY.

Comment ! en douteriez-vous, maintenant ?

CAROLINE.

Nous le devons, Madame.

Mme DE PRÉVIGNY.

Vous m'étonnez, réellement.

ÉLISE.

Quoique Sophie nous ait fait beaucoup de mal,
Madame, nous ne pouvons oublier la tendre amitié
qui nous a liées pendant si longtemps ; c'est pourquoi nous sommes venues....

Mme DE PRÉVIGNY.

Vous expliquer avec elle sans doute, et mettre
fin ainsi à quelque fâcheux malentendu.

CAROLINE.

Oh! Madame, il n'y a pas de malentendu !

Mme DE PRÉVIGNY.

Mais enfin...

ÉLISE.

Pardonnez-nous si nous ne vous en disons pas
davantage ; nous préférons laisser Sophie vous
avouer elle-même la vérité, si elle le juge con-
venable.

Mme DE PRÉVIGNY.

Je persiste à croire qu'il y a dans tout ceci quelque funeste méprise ; pas plus tard qu'hier, j'ai
entendu Sophie dire à ma... à une parente, qu'au
nombre de ses amies les plus chères elle comptait
toujours Elise et Caroline Lambert.

ÉLISE.

Et nous répondions sincèrement à cet attache-

ment ; aussi la nécessité où nous nous trouvons de
rompre pour jamais toute liaison avec elle nous est
extrêmement pénible.

Mᵐᵉ DE PRÉVIGNY.

Mes chères enfants , soyez sûres que vous avez été
induites en erreur.

CAROLINE.

Oh ! non , Madame !

Mᵐᵉ DE PRÉVIGNY.

Aussitôt le retour de ma nièce, je l'enverrai
vous voir , vous vous expliquerez, et...

ÉLISE , *vivement*.

Oh ! Madame, je vous en prie , dites au contraire
à Sophie qu'elle ne vienne pas, car...

Mᵐᵉ DE PRÉVIGNY.

Achevez.

ÉLISE , *à Caroline*.

Parle donc, toi.

CAROLINE.

Cela me fait trop de mal.

Mᵐᵉ DE PRÉVIGNY.

Vous m'inquiétez sérieusement ! Comment , vous
ne voulez plus voir Sophie ?...

ÉLISE.

Nous, nous la verrions encore , mais notre
mère.....

Mᵐᵉ DE PRÉVIGNY.

Eh bien !

ÉLISE.

Nous l'a défendu.

Mᵐᵉ DE PRÉVIGNY.

Ah !...

CAROLINE.

Nous sommes venues en prévenir Sophie, afin qu'elle n'ait point le désagrément de se voir refuser notre porte.

Mᵐᵉ DE PRÉVIGNY.

Il faut que la faute de ma nièce soit grave, pour que madame votre mère en soit venue à prendre une telle résolution ; et, puisque vous refusez de me la faire connaître, il faudra bien qu'elle le fasse elle-même.

CAROLINE.

Ce sont les conséquences qu'à eues cette faute qui la rendent fort grave pour nous. Dites bien à Sophie, Madame, que nous regrettons vivement d'être forcées à une rupture ; mais elle en comprendra elle-même la nécessité.

Mᵐᵉ DE PRÉVIGNY.

Je lui rapporterai vos propres paroles.

ÉLISE.

Adieu, Madame ! *Elles saluent toutes deux Mᵐˢ de Prévigny d'un air profondément affligé, et sortent.*

SCÈNE II

Mme DE PRÉVIGNY *seule*.

En vérité, je ne puis comprendre une telle conduite ; elle m'afflige, m'inquiète. Cependant Sophie
est douce, bonne, incapable de nuire à personne,
du moins avec connaissance de cause. D'un autre
côté, Mme Lambert, qui avait toujours paru jusqu'ici rechercher sa société pour ses filles, la ban-
nit tout à coup de chez elle ; ce ne peut être im-
politesse ou caprice..... Enfin je connaîtrai bientôt
la vérité. J'étais si heureuse de l'arrivée de mes
enfants, de la presque certitude de ne plus m'en
séparer ! et voilà ma joie empoisonnée !... Quoiqu'elle ne soit pas ma fille, Sophie m'est cependant bien chère... Mais il me semble reconnaître sa
voix et celle d'Ursule.

SCÈNE III

Mme DE PRÉVIGNY, URSULE, SOPHIE.

URSULE, *à demi-voix à Sophie*.

Ah ! Sophie ! comment lui apprendre !....

SOPHIE, *de même*.

Ma pauvre tante !

Mme DE PRÉVIGNY, *allant au-devant de sa fille*.

Ursule, qu'as-tu ?.... D'où vient cette tristesse
empreinte sur tes traits ?

URSULE.

Hélas ! ma bonne mère , plus d'espoir !... cette place...

Mme DE PRÉVIGNY.

Eh bien ?...

URSULE.

Elle a été promise hier à M. Jules Varnus , qui , sans avoir tous les droits de mon mari , a su faire agir si puissamment sur l'esprit du ministre qu'il l'a emporté sur lui.

SOPHIE , *vivement*.

M. Jules Varnus , dis-tu ?... Mais c'est donc le frère de Cécile ?

URSULE.

Lui-même.

SOPHIE , *à part*.

Grand Dieu ! qu'ai-je fait !

URSULE.

Il paraît qu'il avait appris l'arrivée de mon mari à Paris et le motif qui l'y amenait ; aussitôt ses amis , ses protecteurs ont fait circonvenir le ministre , et c'est ce qui est cause qu'Auguste n'a pu être reçu.

Mme DE PRÉVIGNY.

Adieu donc nos beaux rêves ! nos douces espérances ! les voilà encore une fois déçus !... Ah ! je vois maintenant combien je m'étais flattée !

SOPHIE , *à part*.

Malheureuse !..... et c'est moi peut-être , c'est

ma funeste indiscrétion qui , en donnant l'éveil aux
Varnus , a amené ce douloureux échec.

URSULE.

Mon mari est complètement découragé ; il s'était
si bien bercé de l'espoir de réussir ! Mais les Varnus
ont de puissants protecteurs, tandis qu'il n'a
pour lui que ses services et sa probité. Cependant
Auguste persiste à croire que s'il avait pu le premier entretenir le ministre , le résultat en eût été
bien différent.

Mme DE PRÉVIGNY.

Quel cruel mécompte !

URSULE.

Vous sentez que M. Jules Varnus , qui habite
Paris depuis longtemps, connaissait mieux que
nous quels ressorts il devait mettre en jeu ; enfin
on assure que la place était promise avant que le
ministre fût de retour à son hôtel.

SOPHIE , *à part.*

Chacune de ses paroles est pour moi comme un
coup de poignard qui me traverserait le cœur. *Haut.*
Ma chère Ursule , ne peut-il se présenter bientôt
une autre occasion ?

URSULE.

Non , nous ne pouvons nous en flatter, cette
place était la seule à laquelle M. Lesurmont pût
prétendre. Aussi lui, si fort d'ordinaire contre
toutes les contrariétés de la vie, qu'il supporte
avec une stoïcité chrétienne, est entièrement abattu
par ce pénible échec. Il voulait quitter Paris à
l'instant.

Mme DE PRÉVIGNY.

Oh ! c'est impossible !... A peine vous ai-je vus ,
et il faudrait nous séparer ?... Ursule ! ma fillle !...

URSULE.

J'ai tâché d'obtenir huit jours encore , puis nous
retournerons à Bayonne... à Bayonne que j'espérais avoir quittée pour toujours !... Oh ! la cruelle
déception !... Nous ne pouvons concevoir comment
les Varnus ont été si promptement instruits non-
seulement de notre arrivée, mais encore des pro-
jets de mon mari ; c'est vraiment inconcevable.

Mme DE PRÉVIGNY, *bas à Sophie.*

Dorothée m'a dit que Cécile était venue ici hier ;
je devine tout , Mademoiselle.

SOPHIE , *de même.*

Oh , ma tante , épargnez-moi !

URSULE , *après être demeurée un instant pensive.*

Je m'y perds... je m'y perds complètement.

SCÈNE IV

Les précédentes , ROSE.

ROSE.

Melle Cécile Varnus prie Melle Sophie de vouloir
bien lui renvoyer son ombrelle, qu'elle a oubliée
ici hier matin.

URSULE , *vivement.*

Qu'entends-je ? Cécile est venue hier ! *Sophie*

détourne la tête. Ah ! je commence à comprendre ; oh ! Sophie ! Sophie, qu'as-tu fait ?...

SOPHIE.

Hélas ! oui ; c'est moi qui, ignorant les funestes conséquences que cela pouvait entraîner, ai annoncé à Cécile votre arrivée et le motif qui vous avait déterminé à faire ce voyage. Ma bonne Ursule, tu ne saurais me faire de reproches plus cruels que ceux que je m'adresse moi-même dans ce moment.

URSULE.

Ah ! j'espérais que l'âge t'avait corrigée.

Mme DE PRÉVIGNY.

Combien de fois-déjà je vous avais prévenue de vous défier de Melle Varnus. D'ailleurs, vous la connaissez aussi bien que moi. Ce n'est pas le jugement qui vous manque, Sophie, et vous n'êtes en cela que plus inexcusable ; mais le plaisir de parler, le désir d'être écoutée ont toujours été les mobiles de toutes vos indiscrétions.

SOPHIE.

O ma tante, croyez bien que c'est la dernière fois que vous aurez de pareilles reproches à m'adresser. Ursule, pardonne-moi.

URSULE.

Ah ! tu nous as fait bien du mal !

SOPHIE.

Moi qui vous aime si tendrement.

URSULE, *lui tendant la main.*

Je le sais ; aussi je n'accuse pas ton cœur.

16

SOPHIE.

Et tu as raison. Oh ! langue maudite ! à l'avenir je saurai te retenir.

ROSE, *qui s'est tenue à l'écart jusqu'alors.*

Mademoiselle, que dois-je dire au domestique de Melle Varnus?

SOPHIE, *avec force.*

Que sa maîtresse n'a rien oublié ici, et que dorénavant je n'y serai jamais pour elle.

, Mme DE PRÉVIGNY, *vivement.*

A quoi servirait une telle réponse?

SOPHIE.

Ma tante, il faut qu'elle sache...

Mme DE PRÉVIGNY.

Je veux au contraire lui épargner ce petit triomphe. *Se tournant vers Rose.* Qu'on dise à Melle Varnus qu'elle s'est trompée en croyant avoir laissé ici son ombrelle, et que Melle Sophie lui présente ses compliments.

SOPHIE.

Moi, ma tante, qui voudrais...

Mme DE PRÉVIGNY.

Allez, Rose. *Rose sort.*

URSULE.

Ma mère a raison ; car le but de ce message n'est point douteux. Cécile voulait savoir ce qui se passait ici. *Vivement.* Mais il me vient une crainte, Sophie : hier j'ai ouvert mon cœur devant toi avec autant

de confiance que si ma mère avait été seule ; je vous
ai dit comment mon mari s'était employé à faciliter
l'évasion de cet Espagnol, M. de Varillas, afin qu'il
pût aller recevoir les derniers soupirs de sa mère. A
cet égard, du moins, tu as gardé le silence, n'est-ce
pas ? Si une pareille chose était connue, nous aurions
tout à redouter de la sévérité du gouvernement.
Touché de la douleur de cet infortuné, M. Lesurmont a oublié pendant un instant qu'il était fonc-
tionnaire, pour se rappeler seulement qu'il était
homme. Tu ne réponds pas, Sophie ; Cécile sau-
rait-elle encore ?...

SOPHIE.

Oh ! non, rassure-toi, elle ignore le secret. *A
part.* Mais une autre le sait.

URSULE.

Ah ! je respire.

SOPHIE, *à part.*

Et moi je tremble.

URSULE.

Maintenant je vais retrouver mon mari.

Mme DE PRÉVIGNY.

Je vais t'accompagner et tâcher de décider Auguste à venir passer chez moi, du moins, le peu
de jours que vous resterez encore à Paris.

URSULE.

Je crains que vous ayez de la peine à l'y décider.
A Sophie qui paraît triste et pensive. Viens-tu avec
nous, Sophie ?

SOPHIE.

Ma bonne, mon excellente cousine, tu as donc
oublié déjà ma faute? Ah! cette indulgence me la
fait doublement déplorer.

URSULE.

C'est parce que je vois à quel point tu la re-
grettes, que je ne me sens plus le courage de te la
reprocher.

SOPHIE.

Oh! oui, je souffre bien, va.

URSULE.

Viens-tu?

SOPHIE.

Non, je redoute la présence de M. Lesurmont.

URSULE.

Que peux-tu craindre? Il ne saura jamais....

SOPHIE.

Mais moi je sais, et cela suffit.

Mme DE PRÉVIGNY.

Allons, Ursule, je t'attends.

SOPHIE, *les regardent s'éloigner.*

Ma tante, elle ne me pardonnera jamais, elle.

—◦◦◇◦◦—

SCÈNE V

SOPHIE *seule.*

Les voilà partis, et je vais du moins pouvoir
éclaircir un doute affreux. Cependant, bien diffé-

rente de Cécile, Victorine Latour est une excellente
enfant, incapable de nuire à qui que ce soit. Puis,
je lui ai si vivement recommandé le secret. Hélas!
à moi aussi, il avait été recommandé, et comment
l'ai-je tenu?... Si Victorine est mon amie, Ursule
n'a-t-elle pas toujours été la parente la plus affec-
tionnée; que dis-je, la sœur la plus tendre? Que
faire? Aller trouver Victorine, lui dire que la tran-
quillité, l'existence de toute une famille sont atta-
chées à son silence; et alors la bonté de son cœur
m'est un sûr garant qu'elle le tiendra. Oui, c'est le
meilleur parti, et je ne veux pas différer d'un
instant. *Au moment où elle va pour sortir, la petite
Marie entre en courant, suivie de Rose qui veut la
retenir.*

—◦◇◦—

SCÈNE VI

SOPHIE, ROSE, MARIE.

MARIE.

Tante Sophie, tante Sophie, attends, je veux
aller avec toi, tante Sophie!

SOPHIE, *l'embrassant.*

Non, mon amour, je ne puis maintenant.

MARIE.

Ma petite maman me disait que tu m'aimerais
tant! tu ne voudrais pas me faire de la peine, je
vais pleurer d'abord.

SOPHIE, *avec agitation.*

Oh! non, tu vas être raisonnable. *A part.* Jusqu'à cette pauvre enfant qui aurait à souffrir des

suites de ma malheureuse indiscrétion! *A Rose.*
Prenez Marie, il faut absolument que je sorte;
Rose, amusez-la.

ROSE.

Allons, venez, mademoiselle Marie, votre cousine ne veut pas de vous.

MARIE.

Non, non, je veux aller avec ma tante; car tu
es ma tante, n'est-ce pas? *Elle entoure Sophie de
ses bras.*

SOPHIE, *cherchant à se dégager.*

Si Mme de Prévigny et Ursule étaient de retour
avant moi, vous ne leur diriez pas....

ROSE.

Quoi donc, Mademoiselle?

SOPHIE.

Que.... j'ai dû m'absenter un instant.

ROSE.

Cela suffit, Mademoiselle·

MARIE, *à Sophie qui s'éloigne.*

Je leur dirai moi, va méchante.

SCÈNE VII

ROSE, MARIE.

ROSE.

Voilà une singulière recommandation tout de
même, et il me semble qu'un mystère comme celui-

là n'a rien de bien honorable pour une jeune demoiselle. Je suis curieuse de voir ce qu'en dira
Dorothée, qui est si portée pour Melle Sophie; car
avec elle, sans doute, il ne m'est pas défendu
d'en parler. Personne ne peut dire que je sois
curieuse; mais enfin, je voudrais bien savoir tout
de même... Avec cela que j'ai entendu Melle Sophie
dire à ma maîtresse : « Cette petite Rosé me paraît
trop jeune, trop étourdie pour que tu lui confies
Marie. » Elle pourrait bien garder ses conseils pour
elle; elle en a peut-être plus besoin. Je crois être
aussi soigneuse....

*La petite Marie, qui, pendant ce soliloque, s'est
approchée de la table et a joué avec un canif, se
coupe.*

MARIE.

Aïe! aïe! oh! ma bonne, je suis blessée.

ROSE.

Voyez-vous cela? la vilaine enfant! on ne peut la
perdre un instant de vue. Que va dire Madame?

MARIE.

C'est rien, va, je ne pleurerai pas.

ROSE.

Et puis, Melle Sophie, je serais désolée qu'elle le
sût. Mais il me semble l'entendre. Quoi! déjà de
retour? Viens, ma mignonne.

MARIE.

Non : je veux voir ma tante Sophie. *Rose la prend
dans ses bras et l'entraîne malgré sa résistance.*

SCÈNE VIII

SOPHIE *seule.*

Impossible de lui parler sans témoins ! Les visites
se succèdent d'une manière désespérante ; et cependant il faut que je lui parle, que je lui parle sans
retard. Chaque instant qui s'écoule redouble mes
inquiétudes. Si je lui écrivais pour la prier de se
rendre ici ? elle viendrait, j'en suis sûre. C'est le
seul parti qui me reste, et je ne puis hésiter.
Elle s'approche de la table et écrit : « Ma chère Victorine, j'ai besoin de t'entretenir seule pendant
quelques instants ; viens, je t'en conjure, je suis
agitée, mécontente de moi ; et ta présence, je l'espère, suffira pour dissiper ce pénible malaise. Je
t'attends, Sophie. » *Appelant.* Rose !.... Rose !....
Rose paraît. Ce billet pour Melle Victorine Latour,
à l'étage au-dessous. Allez, ne perdez pas une
minute. *Rose se retire.* Quelle pénible chose que
l'inquiétude !... Comme le temps paraît alors s'écouler lentement ! On voudrait lui donner des ailes.
Si Victoire ne pouvait se rendre à mon invitation !
s'il me fallait encore passer toute une journée
dans ces angoisses ! Oh ! je ne le pourrais jamais.
Quel malheureux entraînement m'a poussée à révéler ce qu'Ursule nous avait confié ! car enfin
je ne puis accuser que moi seule de mes souffrances. Funeste indiscrétion ! que de tourments
tu m'as déjà occasionnés !.... Ah ! si elles savaient
celles qui, jeunes encore, ne cherchent point à
réprimer ce malheureux penchant, toutes les peines
qu'elles se préparent ! Mais maintenant je veux

me corriger, je le veux fermement; fasse le Ciel que le mal que j'ai commis ne soit pas sans remède! Victorine ne viendra pas; on l'aura retenue; et ma tante, ma cousine, qui peuvent rentrer d'un instant à l'autre... J'entends quelqu'un !... Ah ! c'est Victorine... *Elle va vivement à sa rencontre.*

—◦◇◦—

SCÈNE IX

SOPHIE, VICTORINE LATOUR.

VICTORINE.

Je reçois ton billet et j'accours.

SOPHIE.

Oh ! merci, ma bonne amie !

VICTORINE.

Il ne m'a pas été difficile de deviner la cause de cet appel.

SOPHIE.

Comment ! que dis-tu ?

VICTORINE.

Mais, sans doute, c'est pour cette fâcheuse affaire de Mme Lambert.

SOPHIE.

Mme Lambert ! Je ne te comprends pas.

VICTORINE.

Tu m'étonnes, tu n'as donc pas vu depuis peu Elise et Caroline ?

17

SOPHIE.

Non ; mais explique-moi , de grâce.

VICTORINE.

Oh ! Sophie , tu as été bien imprudente !....
Mme Lambert est au désespoir ; sa sœur ne veut
plus la voir, ni elle ni ses enfants. Aussi elle est
persuadée que c'est toi qui as rapporté les expressions qui lui sont échappées dans un premier moment de désappointement , lorsqu'elle a su que son
oncle l'avait déshéritée au profit de son aînée.

SOPHIE.

Il se pourrait ! elles seraient brouillées ?

VICTORINE.

De la manière la plus irrévocable ; et Mme Lambert en est d'autant plus désolée qu'elle avait toujours espéré que ses enfants trouveraient en sa
sœur une seconde mère si elle venait à leur manquer. Tu sais combien sa santé donne d'inquiétudes.

SOPHIE , *avec accablement.*

Ah ! je ne voulais pas leur nuire ; Elise et Caroline me sont même bien chères ; mais je trouvais
les reproches que Mme Lambert adressait à sa sœur
fort justes et....

VICTORINE.

Ainsi elle ne se trompe pas ? c'est toi en effet....

SOPHIE.

Mais je n'ai parlé que devant des personnes que
je croyais être ses amies intimes.

VICTORINE.

Hé bien ! ma chère, les deux sœurs sont brouillées pour toujours.

SOPHIE.

Et Mme Lambert m'accuse d'en être la cause ?

VICTORINE.

Oui.

SOPHIE.

Oh ! que t'a-t-elle dit ?

VICTORINE.

Mais je ne sais si je dois....

SOPHIE.

Oh ! oui, dis-moi tout, va.

VICTORINE.

Elle te regarde comme une personne excessivement dangereuse. J'ai cherché à la détromper ; je
lui ai dit qu'au contraire tu étais bonne, généreuse ;
ses filles se sont jointes à moi, mais....

SOPHIE.

Elle ne vous a pas crues ?

VICTORINE.

Elle nous a dit : « Que m'importe que Melle Sophie ait agi par méchanceté ou par indiscrétion ?
seulement, le résultat est le même pour moi. »

SOPHIE.

Et elle avait raison !... Ah ! Victorine, je suis
bien à plaindre, va ; et maintenant j'ose à peine te
faire une recommandation.

VICTORINE.

Une recommandation?

SOPHIE.

Hier j'ai parlé devant toi d'un acte de bonté de
mon cousin, M. Lesurmont.

VICTORINE.

Oh! oui, qui a fait évader ce malheureux Espagnol : c'était bien à lui, et je ne fais que penser à
ton récit.

SOPHIE, *vivement.*

Mais j'espère que tu n'en as parlé à personne?

VICTORINE.

Moi, non.

SOPHIE.

Ah! quel bien tu me fais!

VICTORINE.

Mais je n'étais pas seule lorsque tu m'as raconté
cela.

SOPHIE.

Que veux-tu dire?

VICTORINE.

La plus jeune de mes sœurs était là.

SOPHIE,

Une enfant qui ne s'occupait que de sa poupée.

VICTORINE.

Ne t'y fie pas trop ; c'est une petite curieuse ; et
je ne serais pas étonnée qu'à cette heure ton histoire ne soit connue des Varnus, chez qui elle a été
dîner hier.

SOPHIE, *se laissant tomber sur une chaise et se couvrant le visage de ses deux mains.*

Ah! je suis perdue!....

VICTORINE.

Que dis-tu?

SOPHIE.

Que peut-être je vais être la cause du malheur de ma famille entière.

VICTORINE.

Que peux-tu craindre des Varnus? Cécile est ton amie.

SOPHIE, *se relevant vivement.*

Elle! elle! ah! tu ne la connais pas. C'est... Mais, après tout, elle serait moins coupable que moi, mille fois moins coupable.

VICTORINE.

Calme-toi.

SOPHIE.

Que je me calme! Quand il me faudra vivre maintenant sous le poids des plus horribles craintes! quand je n'oserai ni supporter les regards de ma tante, ni recevoir les marques de la tendresse de mon excellente cousine. Bonne et chère Ursule, que j'aime, et à qui j'aurais fait autant de mal que si j'étais sa plus cruelle ennemie...

VICTORINE.

Mais enfin, que peut-il résulter?...

SOPHIE.

Tu le demandes?....

SCÈNE X

Les précédentes, Mme DE PRÉVIGNY ; *elle paraît fort agitée.*

VICTORINE.

J'espère, Madame, que vous n'êtes pas souffrante ?

Mme DE PRÉVIGNY, *d'un ton bref.*

Non, Mademoiselle, je suis bien, très-bien.

VICTORINE., *bas à Sophie.*

Jamais je ne la vis ainsi.

SOPHIE, *de même.*

Son état redouble encore mes craintes.

VICTORINE.

Je vais vous laisser.

SOPHIE.

Oh! ne m'abandonne point !....

VICTORINE.

Cependant....

Mme DE PRÉVIGNY.

Ma chère Victorine, je voudrais entretenir Sophie un instant sans témoin. Veuillez nous excuser, je vous en prie.

VICTORINE.

Adieu, Madame. *A Sophie.* Remets-toi donc.

SOPHIE.

Je me soutiens à peine; Victorine, va prier pour moi.

VICTORINE.

Pauvre amie, je te le promets ! *Victorine sort après avoir salué Mme de Prévigny.*

———◦⦿◦———

SCÈNE XI

Mme DE PRÉVIGNY, SOPHIE.

Mme DE PRÉVIGNY.

Enfin, nous voilà seules, Mademoiselle.

SOPHIE.

Ma tante !

Mme DE PRÉVIGNY.

Vous tremblez déjà ?... Triste effet d'une conscience coupable.

SOPHIE.

Oh ! ma tante, épargnez-moi.

Mme DE PRÉVIGNY.

Je vous avais élevée comme si vous étiez ma fille, Mademoiselle ; et afin de ménager votre délicatesse, je vous avais laissé supposer qu'avant de mourir, votre père m'avait remis une somme qui devait servir à couvrir les frais de votre éducation ; hé bien, je vous trompais, cet argent était le mien, ou plutôt celui d'Ursule que je dépouillais ainsi pour vous. Le moment est venu où il faut que vous sentiez bien toute l'horreur de votre conduite. Comment avez-vous répondu à tant de soins et de sacrifices ?... En trahissant vos bienfaiteurs, en les réduisant au désespoir !...

SOPHIE.

Oh ! grâce , ma tante !

Mme DE PRÉVIGNY.

Mais ce n'était pas assez sans doute ; et ajoutant
la ruse , le mensonge, à vos autres torts, vous avez
osé dire ce matin , nous assurer, à Ursule et à moi,
que vous n'aviez point instruit votre digne amie,
Melle Cécile Varnus , de l'histoire de M. de Varillas.

SOPHIE.

Ma tante , je vous l'atteste encore.

Mme DE PRÉVIGNY.

Détestable tromperie ! les Varnus vous dénoncent
eux-mêmes.

SOPHIE.

Mais c'est impossible...

Mme DE PRÉVIGNY.

Hier soir M. Jules Varnus racontait à qui voulait
l'entendre cette même histoire en y ajoutant des
détails qui ne pouvaient provenir que de vous.

SOPHIE.

Oh ! malheureuse ! malheureuse !...

Mme DE PRÉVIGNY.

Ah ! vous avouez donc ?

SOPHIE.

Non , ma tante, je ne suis pas aussi coupable
que vous le supposez, je n'ai rien dit à Cécile;
mais...

Mme DE PRÉVIGNY.

Achevez.

SOPHIE.

Hier, me trouvant chez Mme Latour, et tout émue
encore du récit que venait de nous faire ma cousine,
j'ai cru pouvoir en confier les détails à Victorine.

Mme DE PRÉVIGNY.

Ce ne peut être que Victorine, j'en suis convaincue, qui ait répété cette funeste histoire.

SOPHIE, *parlant avec peine.*

Il paraît que sa plus jeune sœur nous écoutait,
et allant le jour même chez les Varnus...

Mme DE PRÉVIGNY.

Hé bien, savez-vous maintenant ce qui va résulter de cette nouvelle indiscrétion? La ruine, la
destitution de votre cousin!

SOPHIE.

Grand Dieu !

Mme DE PRÉVIGNY.

Il vient de recevoir l'ordre de se rendre sur-le-
champ chez le ministre. C'est le secrétaire particulier qui lui a écrit, et il lui annonce que Son
Excellence paraît être excessivement irritée, et que
s'il ne peut se disculper de ce dont il est accusé,
une destitution est imminente. Voilà votre ouvrage,
Mademoiselle, vous pouvez vous en applaudir. Vous
avez rompu la carrière de M. Lesurmont, voué sa
femme et son enfant à la misère, et moi au désespoir..... Voilà le fruit que je retire de mes soins
pour vous.

SOPHIE.

O mon Dieu !... mon Dieu !... comment réparer
ma faute? quel moyen employer ?...

Mme DE PRÉVIGNY.

Il n'en existe aucun. D'ailleurs M. Lesurmont a trop de noblesse dans le caractère pour s'abaisser à un mensonge, et il dira la vérité tout entière, quoiqu'il n'en prévoit que trop le résultat.

SOPHIE.

Et Ursule, ma tante, Ursule, où est-elle?... Ah! sans doute, je ne lui inspire plus que de l'horreur!...

Mme DE PRÉVIGNY.

Ursule n'a point voulu quitter son mari, et elle l'accompagnera jusqu'à la porte du ministère; puis elle viendra attendre ici son sort.

SOPHIE.

Ah! je ne pourrai jamais supporter ses reproches; ou plutôt non, elle ne m'en fera pas, et son indulgence me sera encore plus pénible. Je veux me cacher; je ne veux pas la voir.

—◦◦◦◦◦—

SCÈNE XII° ET DERNIÈRE

Les précédentes, URSULE, MARIE.

URSULE, *qui tient sa fille par la main.*

Et pourquoi Sophie ne veut-elle plus me voir? Est-ce parce que je suis malheureuse?

SOPHIE.

C'est parce que je suis trop coupable.

URSULE.

Crains-tu que je veuille augmenter encore nos

peines en y ajoutant l'aigreur et des récriminations désormais inutiles ?

SOPHIE.

Je crains ta bonté qui achève de m'accabler.

URSULE.

Ne désespérons pas encore ; Dieu est aussi juste qu'il est grand et bon ; il ne permettra peut-être pas que, pour prix d'une action généreuse, mon mari se voie destitué et réduit à la misère.

Mme DE PRÉVIGNY.

Ma pauvre enfant ! tu juges de tous les cœurs par le tien ; Dieu est bon, sans doute....

MARIE.

Maman me fait prier tous les jours pour papa.

URSULE.

Oui, ma fille, et c'est un devoir sacré dont les enfants ne doivent jamais se départir.

MARIE.

Pourquoi papa n'est-il pas revenu avec nous ?

URSULE.

Il viendra tout à l'heure.

Mme DE PRÉVIGNY.

Et alors nous saurons, n'est-ce pas ?

URSULE.

Il se peut que Auguste soit retenu plus longtemps qu'il ne le pense, mais il m'a promis de m'écrire quelques mots aussitôt qu'il connaîtra son sort.

SOPHIE.

J'attendrai ce moment avant de partir.

URSULE.

Que veux-tu dire ?

SOPHIE.

J'éloignerai pour toujours des yeux de ma tante celle qui ne doit plus lui inspirer que de l'aversion.

URSULE.

Sophie ! y penses-tu ?...

SOPHIE, *d'une voix pleine de larmes.*

Mon parti est bien arrêté.

URSULE.

Ma bonne mère, dites-lui donc que la douleur l'égare ; que ce départ est impossible, enfin que vous lui pardonnez. *Mme de Prévigny détourne la tête.* Ma mère !

MARIE.

Moi, ma petite maman me pardonne toujours.

SOPHIE.

Hé bien, demande aussi ma grâce.

MARIE.

Ne voulez-vous pas pardonner à tante Sophie, bonne maman ? elle ne le fera plus.

Mme DE PRÉVIGNY.

Si, par vous, Sophie, je vois ma fille bien-aimée réduite à la misère, je voudrais vainement vous excuser, mon cœur s'y refuserait.

SOPHIE.

Ah ! vous auriez raison, et il y aurait folie à moi de me flatter....

Mme DE PRÉVIGNY.

Le temps se passe, et Auguste n'envoie aucun message ; faut il craindre? faut-il nous réjouir ?

URSULE.

Il faut nous en remettre en la bonté de Dieu, chère maman, c'est là ce qu'autrefois vous m'avez enseigné.

SOPHIE.

Quelle horrible incertitude !...

Mme DE PRÉVIGNY.

Je sens que je ne pourrais la supporter encore longtemps.

URSULE.

Du calme, du courage, ma bonne mère.

Mme DE PRÉVIGNY.

Je n'en trouve plus, quand c'est toi que le malheur peut atteindre.

SOPHIE *va regarder à la fenêtre.*

Mon cousin ne vient pas. *On entend sonner.*

MARIE, *sautant de joie.*

Ah ! c'est sans doute papa !... c'est papa !... *Elle court du côté de la porte.*

URSULE, *portant la main à son cœur.*

Comme mon cœur bat !...

SOPHIE, *regardant autour d'elle.*

Oh ! je voudrais pouvoir fuir !...

Dorothée entre tenant une lettre en main.

DOROTHÉE.

Pour Mme Ursule.

URSULE.

Donnez ! donnez ! *Elle prend la lettre mais sans l'ouvrir.*

MARIE.

Ah ! maman, comme tu trembles !... est-ce que tu as froid ?

URSULE.

Je me croyais plus forte.... Allons donc.... *Elle brise le cachet.*

Mme DE PRÉVIGNY, *d'une voix haletante.*

Hé bien ?...

SOPHIE.

Ursule, tu pâlis !...

URSULE, *se laissant tomber sur une chaise.*

Oh ! mon Dieu !...

Mme DE PRÉVIGNY.

Destitué !... Ah ! je l'avais prévu ! Ma pauvre fille !... *Elle se cache le visage.*

SOPHIE.

Perdue, n'est-ce pas ?... et par moi !...

URSULE, *joignant les deux mains.*

Bénissons Dieu, ma mère, Sophie !

Mme DE PRÉVIGNY.

Que dis-tu ?...

URSULE.

Ecoutez : « J'étais presque désespéré en te quittant; mais maintenant, ma bonne amie, je suis bien heureux! Non-seulement je n'ai plus à trembler sous le poids d'une destitution, mais peut-être obtiendrai-je la place que je désirais si vivement. Cependant le ministre connaît toute la vérité à l'égard de M. de Varillas; cette histoire lui avait été présentée sous un faux jour. Le conduite de M. Jules Varnus, dans cette circonstance, a été qualifiée fort sévèrement par Son Excellence, et elle diminuera sensiblement le crédit dont il jouissait. Le ministre ne m'a point dissimulé que, si je n'avais eu un chaud défenseur dans son secrétaire intime, qui l'a supplié de ne point me condamner sans m'entendre, ma destitution eût été immédiate. Je n'ai point voulu quitter l'hôtel sans remercier ce généreux protecteur, et c'est pourquoi je t'écris ces quelques lignes, afin de te rassurer, ainsi que notre mère et Sophie. »

SOPHIE.

Comment ! il me pardonne donc ?...

URSULE.

Mais il ne sait rien.

SOPHIE.

Tu lui as caché ?...

URSULE.

Sans doute; et tu peux lever les yeux sur M. Lesurmont sans rougir.

SOPHIE.

Oh ! ma bonne et noble amie ! comment reconnaîtrai-je jamais ?...

URSULE.

Pas de remercîments entre nous, ma chère

Sophie ; mais, je t'en supplie, travaille de tout
ton pouvoir à te corriger d'un défaut qui ternit les
heureuses qualités dont tu es douée.

SOPHIE.

Ah ! je te le promets ! et tu as pour garantie de
cette promesse tout ce que je viens de souffrir. *Se
tournant vers Mme de Prévigny et d'un ton timide.*
Ma tante, serez-vous inexorable?... Ne puis-je me
flatter d'obtenir aussi votre pardon ?

Mme DE PRÉVIGNY.

Je vous répondrai plus tard, Sophie, et lorsque
l'avenir m'aura prouvé que vous savez tenir vos
engagements.

MARIE LA SAVOYARDE

COMÉDIE EN UN ACTE

PERSONNAGES :

Mᵐᵉ DE LORMEUIL.

AGNÈS, sa fille.

MARIE, jeune Savoyarde.

Mᵉˡˡᵉˢ CAROLINE DE BORSALD,
EUGÉNIE DE RANDEUIL,
CLAIRE DE RANDEUIL, } amies d'Agnès.
SOPHIE BEAUPRÉ,
ERNESTINE DORVAL,
MÉLANIE VORMONT,

THÉRÈSE, domestique de Mᵐᵉ de Lormeuil.

La scène se passe à Paris chez Mᵐᵉ de Lormeuil.
Le théâtre représente un salon.

MARIE LA SAVOYARDE

COMÉDIE EN UN ACTE

— ⋅⋅✠⋅⋅ —

SCÈNE PREMIÈRE

Mme DE LORMEUIL, AGNÈS.

Mme DE LORMEUIL.

Ainsi, voilà qui est convenu, je te laisse seule
le soin de recevoir tes jeunes amies; et tu seras,
pour quelques heures du moins, la maîtresse de la
maison. Songe à faire un bon usage de cette autorité, ma chère enfant.

AGNÈS.

Elle me paraîtra peut-être un poids bien lourd,
et je vous assure, ma bonne mère, que j'eusse
préféré infiniment n'en point être chargée.

Mme DE LORMEUIL.

Nous n'avons pas le choix, ma fille; ta tante est
souffrante; elle m'appelle auprès d'elle; il faut
savoir dans un pareil cas faire le sacrifice de sa
propre inclination. Thérèse a reçu mes ordres pour
la collation que tu désires offrir à tes jeunes compagnes, et j'espère que vous en serez toutes satis-
faites.

AGNÈS.

Si je n'attendais que mes anciennes amies, le

rôle de maîtresse de maison m'effraierait beaucoup
moins ; mais je redoute surtout la présence de
Melle Caroline de Borsald , cette merveille des mer-
veilles. .

Mme DE LORMEUIL , *d'un ton de reproche.*

Agnès , serais-tu capable d'éprouver un vil sentiment de jalousie, parce que l'on a beaucoup loué
devant toi cette jeune étrangère ?... Oh ! s'il en était
ainsi , à quel point tu m'affligerais !...

AGNÈS.

Non , je ne crois pas que ce soit de la jalousie,
mais plutôt la crainte de paraître à Melle de Borsald
une petite fille fort gauche, fort embarrassée.

Mme DE LORMEUIL.

Une telle crainte, mon enfant, est souvent le
résultat d'un excessif amour-propre. Sois franche,
naturelle avec Melle Caroline comme avec tes autres
compagnes ; c'est là tout ce que l'on est en droit
d'exiger d'une jeune fille de ton âge. Adieu , je me
reproche de faire attendre ma sœur si longtemps.
A ce soir.

AGNÈS.

Au revoir, chère maman. *Elles s'embrassent, et
Mme de Lormeuil sort.*

—◦◦◇◦◦—

SCÈNE II

AGNÈS *seule.*

Il est quatre heures à peine , mes amies ne
peuvent encore arriver ; que ferai-je en attendant ?

Je ne sais. La solitude me pèse singulièrement aujourd'hui, et cependant je ne saurais m'occuper à quelque ouvrage que ce soit. Lorsque je priai maman, ce matin, de me dispenser de toutes leçons en l'honneur de ma fête, elle m'accorda ma requête, en me prévenant, toutefois, que je m'ennuierais. Je n'ai pas voulu la croire ; hé bien ! maintenant je suis forcée de reconnaître qu'elle avait raison, car je m'ennuie. *Elle bâille.* Oh ! je m'ennuie !... *Elle s'approche de la croisée.* Quel temps sombre et froid ! Et vraiment, il commence à pleuvoir ! Qu'importe, mes amies viendront en voiture.... Oh ! mais, je ne me trompe pas, voici cette petite Savoyarde que je rencontre si souvent lorsque je sors avec maman. Elle regarde de ce côté. Comme elle a l'air souffrant et malheureux ! Pauvre enfant ! je suis sûre qu'elle est transie. Elle m'aperçoit ! Sa figure si triste tout à l'heure est devenue rayonnante. Cette chère petite est reconnaissante du peu de bien que je lui ai fait. Si je la faisais venir ici ? Oh ! c'est alors qu'elle serait joyeuse ! puis.... cela me distraira. *Elle appelle.* Thérèse ! Thérèse !...

SCÈNE III

AGNÈS, THÉRÈSE.

THÉRÈSE, *accourant.*

Que veut Mademoiselle ?

AGNÈS.

Je veux, ma bonne Thérèse, que tu ailles me

chercher cette petite Savoyarde qui est là. *Thérèse s'approche de la croisée.* Regarde, tu vas aller la trouver, tu lui diras que je désire lui parler, va.

THÉRÈSE.

Mademoiselle veut plaisanter sans doute?

AGNÈS.

Hé non, je ne plaisante pas. D'ailleurs, je suis aujourd'hui la maîtresse de la maison, et tu dois m'obéir comme à maman. Va, cours, car je crains qu'elle ne s'éloigne.

THÉRÈSE.

Mais que dira Madame?

AGNÈS, *poussant Thérèse.*

Cela me regarde, ne perds pas une minute.

THÉRÈSE, *en s'en allant.*

Quel caprice! *Elle sort.*

AGNÈS, *se rapprochant de la croisée.*

Elle est toujours là, quel bonheur! Thérèse lui parle. Elle paraît hésiter. Oh! si elle allait ne pas vouloir venir!... Mais non, elle suit Thérèse. La voilà. *Agnès marche rapidement vers la porte.*

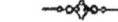

SCÈNE IV

AGNÈS, MARIE; *elle a le costume des Savoyardes et tient une vielle.*

MARIE, *se tenant à la porte et d'un air timide.*

Est-ce que c'est vrai, Mamzelle, que vous m'avez appelée?

AGNÈS.

Mais sans doute ; avance donc.

MARIE, *en hésitant.*

Il faut que je marche sur ce beau châle, Mamzelle ? mais je n'ose pas.

AGNÈS, *riant.*

Enfant, ce n'est pas un châle, mais un tapis, et il est fait pour marcher dessus. Regarde-moi. *Elle fait quelques pas.*

MARIE.

Oh ! vous, c'est bien différent. *Elle avance en marchant sur la pointe des pieds.*

AGNÈS.

Que faisais-tu devant nos croisées ?

MARIE.

Dame ! Mamzelle, je cherchais à vous voir.

AGNÈS.

Il y a longtemps que je ne t'ai rien donné.

MARIE, *vivement.*

Oh ! ce n'est pas pour cela , mais....

AGNÈS.

Achève.

MARIE.

Vous me regardez toujours avec un air si doux, que c'est un plaisir pour moi.

AGNÈS.

Pauvre enfant ! Et l'on te rebute souvent, n'est-ce pas ?

MARIE.

Dame ! il m'arrive quelquefois d'importuner les gens, quand je n'ai rien gagné de la journée et qu'il faut cependant retourner au logis !

AGNÈS.

Où ton père et ta mère t'attendent ?

MARIE.

Mon père ! il est au ciel ; et ma mère y a été longtemps avant lui.

AGNÈS.

Tu es orpheline ?

MARIE.

Oui, Mamzelle. *Elle s'essuie les yeux.*

AGNÈS.

Qui donc t'a amenée à Paris ?

MARIE.

Lorsque mon pauvre père périt ; car vous saurez, Mamzelle, que mon père exerçait l'état de guide ; c'était lui qui conduisait les voyageurs dans les endroits les plus périlleux, si bien qu'il fut englouti un jour dans un précipice. J'avais douze ans alors, et je fus recueillie par ma tante qui avait déjà neuf enfants. Aussi la bonne femme ne put me garder longtemps, et à la première émigration qui se fit, je quittai la vallée et partis pour Paris, n'emportant que ma vielle et les sages conseils de ma tante. « Va, fillette, me dit-elle, tu es assez âgée maintenant pour gagner ton pain. N'oublie pas de prier le bon Dieu tous les jours matin et soir. Tes parents étaient d'honnêtes gens, tu dois leur ressembler : s'il t'arrive du bonheur, songe à ta tante et à ses neuf enfants ; si , au contraire , tu es trop malheureuse là-bas , reviens , et nous ferons les parts plus petites , afin que tu aies aussi la tienne. »

AGNÈS , *vivement*.

Mais en attendant elle te chassait, pauvre enfant ! Oh ! c'est affreux.

MARIE.

C'est la coutume du pays , Mamzelle , et ma tante m'aimait comme son enfant.

AGNÈS.

Ainsi tu ne lui en veux pas de t'avoir abandonnée ?

MARIE.

Moi ! je prie tous les jours le bon Dieu pour elle.

AGNÈS.

Et depuis que tu es à Paris , que fais-tu ?

MARIE.

Je joue de la vielle. Quand j'ai pu ramasser quelques sous, le père Gourou est content et tout va bien.

AGNÈS.

Qu'est-ce que le père Gourou ?

MARIE.

C'est notre maître donc ; celui qui nous loge , nous habille , nous nourrit.

AGNÈS.

Et lorsque tu n'as rien gagné ?

19

MARIE.

Oh ! alors, alors, il m'arrive d'être battue.

AGNÈS.

Quelle horreur !

MARIE.

Il croit que j'ai dépensé l'argent ; (*avec force*) mais je ne l'ai jamais fait, Mamzelle, vrai. J'ai quelquefois eu bien faim ; mais c'est égal, je n'aurais pas pour cela dépensé l'argent qui appartient au maître.

AGNÈS , *à part*.

Quelle affreuse destinée ! Et cependant elle ne se plaint pas ; son cœur est pieux, et sa résignation égale sa probité ! Combien elles sont légères les peines que j'ai endurées auprès de celles de cette pruvre enfant ! Et cependant je murmurais, j'osais me dire malheureuse ! Mon Dieu, pardonnez-moi.

MARIE.

Mamzelle, je vais partir, n'est-ce pas ?

AGNÈS.

Non, pas encore.

—◦◦❖◦◦—

SCÈNE V

Les précédentes, THÉRÈSE.

THÉRÈSE.

Une lettre pour Mademoiselle.

AGNÈS.

Donnez. *Elle lit.*

THÉRÈSE.

Ne faut-il pas que je reconduise cette petite,
mademoiselle Agnès?

AGNÈS.

Tout à l'heure ; laissez-nous, Thérèse. *Thérèse
sort.*

—◦◊◦—

SCÈNE VI

Les mêmes, excepté Therèse.

AGNÈS, *après avoir lu.*

Melle de Borsald m'exprime ses regrets de ne
pouvoir venir ; elle est indisposée. Voilà un grand
désappointement pour mes amies qui désiraient si
vivement la voir. Oh! il me vient une idée ! *Elle
rêve un instant.* Mais non, quelle folie ! Cependant
ce serait bien amusant. Puis ces demoiselles savent
déjà que Caroline de Borsald est un peu originale
et a beaucoup voyagé. Cette plaisanterie ne ferait
de mal à personne après tout, et lorsque j'avouerai
la vérité à mes amies, elles me pardonneront, j'en
suis sûre. Allons, voilà qui est décidé. *A Marie.*
Ma petite, je te garde pour une partie de la soirée ;
tu assisteras à une collation que je donne à quel-
ques-unes de mes amies, à l'occasion de ma fête.

MARIE.

Et pendant ce temps je jouerai de la vielle,
Mamzelle?

AGNÈS.

Pas du tout, tu te mettras à table avec nous.

MARIE.

Ah ! Mamzelle, vous vous moquez bien sûr.

AGNÈS.

Nullement. Laisse-moi faire.

MARIE.

Mais que faudra-t-il que je dise, que je fasse ?

AGNÈS.

Tu parleras et agiras comme à l'ordinaire.

MARIE.

Ces demoiselles sont donc toutes bonnes comme
vous ?

AGNÈS, *riant.*

Elles sont meilleures que moi, ma petite.

MARIE.

Je ne crois pas que ce soit possible.

AGNÈS.

Mais il me semble reconnaître la voix d'Eugénie
de Randeuil ; je ne veux pas qu'elle te voie encore.
Entre dans ce cabinet, je viendrai t'y chercher tout
à l'heure. *Elle fait entrer Marie dans un cabinet
dont elle ferme la porte.*

—◇—

SCÈNE VII

AGNÈS, EUGÉNIE DE RANDEUIL, CLAIRE DE RANDEUIL,
SOPHIE BEAUPRÉ. *Elles ont toutes trois un bouquet,
et embrassent Agnès tour à tour.*

EUGÉNIE.

Je t'offre tous mes souhaits de bonheur, ma chère
Agnès.

CLAIRE.

Les miens sont aussi vifs, aussi sincères que mon amitié pour toi.

SOPHIE.

J'ai mis dans mon bouquet une branche d'héliotrope, parce que cette fleur signifie attachement.

AGNÈS.

Merci, mes bonnes, mes chères amies, vous savez bien que vous n'aimez pas une ingrate, et je reçois avec un plaisir infini cette nouvelle preuve de vos sentiments pour moi.

EUGÉNIE.

Il paraît que nous sommes arrivées les premières; je craignais au contraire que nous ne fussions en retard.

AGNÈS.

Les premières, pas tout à fait.

SOPHIE.

Comment donc? je ne vois personne.

AGNÈS, *regardant du côté du cabinet.*

Je vais vous confier, mais à vous seules, un secret.

EUGÉNIE, CLAIRE *et* SOPHIE, *se rapprochant d'Agnès.*

Un secret!

AGNÈS, *mettant un doigt sur sa bouche.*

Que vous me garderez?

LES TROIS JEUNES FILLES ENSEMBLE.

Sans doute, mais parle vite.

AGNÈS.

Je vous avais prévenues que vous verriez ce soir Melle Caroline de Borsald.

EUGÉNIE.

Ne viendrait-elle pas?

Agnès regarde encore du côté du cabinet et fait un signe mystérieux.

SOPHIE.

Vraiment! quel bonheur!

AGNÈS.

Mais, par un singulier caprice, elle est venue déguisée.

CLAIRE.

Déguisée!

AGNÈS.

Oui, en voyageant en Savoie, Melle de Borsald s'est acheté un costume complet des jeunes filles du pays, et elle s'en est revêtue ce soir.

EUGÉNIE.

Oh! l'heureuse idée!

AGNÈS.

Ce n'est pas tout : elle a pris encore le ton, l'accent d'une jeune Savoyarde; c'est à s'y méprendre.

CLAIRE.

Je brûle de la voir!

SOPHIE.

Pourquoi ne vient-elle pas?

AGNÈS.

Elle termine sa toilette.

EUGÉNIE.

Oh! c'est délicieux !

—◦◦◇◦◦—

SCÈNE VIII

Les précédentes, ERNESTINE DORVAL, MÉLANIE DE
VORMONT. *Elles ont aussi des bouquets.*

AGNÈS, *allant au-devant d'elles.*

Mes chères amies, arrivez donc ; je désespérais
presque de vous voir.

ERNESTINE.

Le jour de ta fête rien ne pouvait nous retenir.

MÉLANIE.

Je grillais d'impatience ; mais il m'a été impossible de venir plus tôt.

AGNÈS.

Enfin nous voilà toutes réunies.

ERNESTINE.

Toutes !... Mais tu nous avais annoncé Melle
Caroline de Borsald ; ne viendrait-elle pas ?

AGNÈS, *feignant un air d'embarras.*

Il est vrai ; mais je ne sais.... Enfin, si nous
n'avons pas le plaisir de posséder Melle Caroline, je
vais du moins vous présenter une nouvelle amie
qui nous dédommagera un peu de son absence. —

MÉLANIE.

Une nouvelle amie !.... Que veux-tu dire ?

AGNÈS, *qui va ouvrir la porte du cabinet.*

Paraissez, ma chère enfant.

SCÈNE IX

Les précédentes, MARIE; *elle fait une révérence un
peu gauche.*

EUGÉNIE, *à Sophie.*

Oh!... mais c'est à s'y méprendre!... Regarde
donc, Sophie.

SOPHIE.

Rien ne manque.

CLAIRE, *à Marie.*

Comment vous appelez-vous, ma gentille Savoyarde?

MARIE, *faisant encore la révérence.*

Marie, pour vous servir, Mamzelle.

EUGÉNIE.

Y a-t-il longtemps que vous avez quitté votre
pays?

MARIE.

Deux ans, Mamzelle.

SOPHIE.

Vous avez beaucoup voyagé? nous a-t-on dit.

MARIE.

Ah! il y a loin de la Savoie ici.

EUGÉNIE.

Que vous êtes heureuse!...

MARIE.

Je ne me plains pas de mon sort, puisque Dieu
l'a voulu ainsi.

ERNESTINE , *bas à Claire.*

Ah ça , m'expliqueras-tu ?...

CLAIRE , *de même.*

Comment, tu ne devines pas?...

ERNESTINE.

Pas le moins du monde.

CLAIRE.

C'est Caroline de Borsald.

ERNESTINE.

Vraiment !

CLAIRE.

Eh ! sans doute.

MÉLANIE , *bas à Eugénie.*

Agnès est-elle folle de nous donner semblable compagnie ?

EUGÉNIE , *de même.*

Tu as peu de perspicacité , ma chère.

MÉLANIE.

Que veux-tu dire ?

EUGÉNIE.

Je vais t'apprendre le secret , si tu me promets de ne pas me trahir.

MÉLANIE.

Ne crains rien.

EUGÉNIE.

Ce déguisement nous cache Caroline de Borsald.

MÉLANIE.

Il se pourrait ?...

EUGÉNIE.

Sans doute.

MÉLANIE.

Et moi qui ne lui ai encore rien dit.... *À Marie.*
Vous agissez envers nous, Mademoiselle, comme
faisaient autrefois les dieux lorsqu'ils apparaissaient
aux simples mortels; craignant sans doute de nous
éblouir, vous vous êtes métamorphosée.

MARIE.

Pardonnez-moi, Mamzelle, je ne vous ai pas
comprise.

AGNÈS, *à part, en riant.*

Cette pauvre Mélanie qui est enchantée de son
éloquence.... je suis sûre qu'elle veut donner à
Melle de Borsald une haute idée de son savoir.

MÉLANIE, *à Marie.*

Oh! la renommée nous a instruites de tous vos
talents, Mademoiselle!

MARIE.

Des talents, moi!... mais je ne sais rien au
monde, si ce n'est mes prières et jouer un peu de
la vielle.

SOPHIE.

Oh! c'est charmant en vérité!

MARIE.

J'en aurais peut-être su davantage, si je n'avais
pas perdu si tôt mon père; car tout ce qu'il m'a
dit, voyez-vous, c'est resté là. *Elle met la main
sur son cœur.* Et je mourrai avant de l'oublier:
« Sois douce, sois bonne, me disait-il souvent;
supporte la pauvreté sans te plaindre, ne fais de
tort à personne, et tâche d'aider ceux qui sont plus

malheureux que toi. Si tu as du chagrin, prie Dieu
pour qu'il te console ; si tu es dans la joie, prie-le
de te la conserver. N'envie pas le sort de ceux qui
sont plus riches que toi, ils ont peut-être des peines
qui te sont inconnues ; si le Seigneur t'a donné un
cœur pur, il t'a fait le plus beau présent que tu
puisses désirer. » Mon bon père, il me répétait cela
encore la veille de sa mort. *Elle baisse la tête sur
sa poitrine.*

SOPHIE.

Elle joue vraiment son rôle à merveille.

AGNÈS, *à part, d'un air attendri.*

Je ne sais, je commence à me repentir de ce que
j'ai fait ; je n'aurais pas dû donner ainsi cette pauvre
enfant en spectacle.

MÉLANIE, *à Agnès.*

Eugénie m'a fait connaître la vérité ; mais je t'assure que je n'en avais pas besoin pour reconnaître
Melle de Borsald. Quel esprit supérieur !

AGNÈS.

Il faudrait dire plutôt quel noble cœur !

MÉLANIE.

Quelle physionomie spirituelle !

AGNÈS.

Je la trouve seulement franche et honnête.

MÉLANIE.

Tu ne lui rends pas justice.

AGNÈS, *avec émotion.*

Tu te trompes, je la lui rends pleine et entière.

EUGÉNIE, *à Marie.*

Puisque vous paraissez, Mademoiselle, vouloir conserver encore votre incognito, oserions-nous vous prier de nous donner un échantillon de votre talent sur la vielle?

MARIE.

Oh! bien volontiers. *Elle joue de la vielle tout en dansant.*

MÉLANIE.

Ravissant! délicieux!... Il faut absolument que je l'embrasse. *Elle va embrasser Marie.*

MARIE.

Ah! Mamzelle, c'est trop d'honneur pour moi! *Toutes les jeunes filles l'embrassent tour à tour.*

AGNÈS.

Et moi, ma chère enfant, tu ne m'embrasses pas?

MARIE.

Oh! vous, Mamzelle, bien plus volontiers encore que toutes les autres.

MÉLANIE, *à part.*

J'aurais donné tout au monde pour obtenir cette préférence.

AGNÈS, *a part.*

Il me faut cependant songer à les détromper, et je ne sais comment faire.... Attendons jusqu'après la collation. Puisque j'ai différé jusqu'ici, je veux du moins que ma petite protégée en prenne sa part. *Haut.* Mes chères amies, veuillez m'excuser pour quelques instants; mais, en l'absence de maman, il me faut veiller moi-même à certains détails qui regardent la maîtresse de la maison.

EUGÉNIE, *en s'inclinant.*

Salut à la maîtresse de la maison !

AGNÈS, *riant en s'inclinant aussi.*

Oh ! seulement par intérim. *Elle sort.*

—◦◦◇◦◦—

SCÈNE X

Les mêmes, excepté Agnès.

MÉLANIE, *à Marie.*

Je sais, Mademoiselle, que vous avez parcouru les principales contrées de l'Europe ; oserai-je vous prier de nous dire quelle est celle qui a obtenu votre préférence ?

MARIE.

C'est à moi que vous parlez, Mamzelle ?

MÉLANIE.

Sans doute.

MARIE.

Je n'ai pas l'habitude d'être appelée Mademoiselle, mon nom est Marie.

MÉLANIE.

J'aimerais mieux que vous me permissiez de dire Caroline.

EUGÉNIE, *à Sophie.*

Cette Mélanie est insupportable ; il semble qu'elle seule ait le droit de parler à M\ell\e de Borsald.

SOPHIE, *s'avançant vers Marie.*

Nous avions toutes un bien vif désir de faire votre

connaissance ; vous voyez, Mademoiselle, que votre
secret a été divulgué ; mais aviez-vous pu espérer
que ce déguisement vous cachât longtemps ?

MARIE, *portant la main à son front.*

Sans doute c'est mon peu d'intelligence qui en
est cause, mais je ne comprends plus rien à ce
qu'on me dit.

MÉLANIE.

Comment, vous ne voulez pas encore vous faire
connaître ? Hé bien ! soit, je m'adresse à la charmante Marie et la prie en grâce de venir me voir.

MARIE, *faisant la révérence.*

Grand merci, Mamzelle ; avec ou sans ma vieille,
je suis bien à votre service.

EUGÉNIE.

Ma sœur et moi nous faisons la même prière.
Marie fait encore la révérence.

SOPHIE.

Puis-je me flatter d'être aussi favorisée que mes
amies ?

MARIE, *avec joie.*

Mais que je suis donc heureuse ! Est-il bien
possible que de riches et belles demoiselles comme
vous s'occupent aussi longtemps de la pauvre
Savoyarde ?

MÉLANIE.

Nous serons bien fières, bien heureuses de l'espoir d'être comptées au nombre de ses amies.

SCÈNE XI

Les précédentes, CAROLINE DE BORSALD, THÉRÈSE.

Thérèse annonçant Melle Caroline de Borsald.

Toutes les jeunes filles, à l'exception de Marie, paraissent stupéfaites.

CAROLINE, *à Thérèse.*

Je n'aperçois pas Melle de Lormeuil.

THÉRÈSE.

Je vais la prévenir à l'instant. *A part en s'en allant.* Je suis curieuse de savoir comme elle s'en tirera. *Elle sort.*

CAROLINE, *après avoir jeté un regard étonné sur toutes les physionomies.*

Je vois, Mesdemoiselles, que ma présence vous surprend, surtout après ce que j'avais écrit à Melle de Lormeuil. Mais, me trouvant un peu mieux ce soir, je n'ai pu résister à mon désir de me joindre à vous pour fêter notre chère Agnès.

EUGÉNIE, *avec beaucoup d'embarras.*

Certainement, Mademoiselle, je.... nous....

MÉLANIE.

Notre surprise... notre plaisir.... *A part.* Je ne sais ce que je dis.

CAROLINE.

Je crains presque d'avoir été indiscrète, et que la surprise ne dépasse de beaucoup le plaisir.

CLAIRE.

Oh ! ne croyez pas...

CAROLINE

Je voudrais me tromper.

SOPHIE, *avec vivacité.*

C'est nous, Mademoiselle, qui avons été indigne-
ment trompées.

EUGÉNIE.

Sophie !

MÉLANIE, *à part.*

J'étouffe de colère, c'est une indignité !...

CAROLINE.

J'attends une explication de paroles aussi extraor-
dinaires.

SOPHIE.

La voici : Agnès s'est jouée de nous de la manière la plus scandaleuse en nous présentant cette
petite bohémienne, cette intrigante, comme étant
Melle de Borsald. Elle nous a fait je ne sais quelle
histoire de déguisement que nous avons été assez
niaises pour croire.

MÉLANIE, *vivement.*

Parlez pour vous, ma chère ; quant à moi, je
n'en ai pas cru un mot.

EUGÉNIE.

Nous avons été toutes trompées, vous, Mélanie,
comme les autres.

MÉLANIE.

Cela n'est pas.

CLAIRE, *riant.*

Alors c'est donc en toute connaissance de cause

que tu as embrassé la petite bohémienne et sollicité son amitié.

MÉLANIE, *à part.*

Quelle honte ! et devant Melle de Borsald !...

Pendant toute cette scène, Marie a paru éprouver une pénible émotion qui allait toujours en augmentant.

SOPHIE, *à Marie.*

Qui donc êtes-vous, petite malheureuse, qui vous êtes prêtée à cette indigne tromperie ?

MARIE, *pleurant.*

Mais je suis Marie la Savoyarde ; je vous l'ai toujours dit, et je n'ai jamais trompé personne.

CLAIRE.

C'est vrai, Mesdemoiselles, elle ne s'est pas donné d'autre nom.

CAROLINE.

Voilà une étrange aventure.

MÉLANIE.

Dites plutôt une odieuse mystification. Car vous aussi, Mademoiselle, vous avez le droit d'être irritée qu'une vagabonde, une coureuse de grands chemins se soit fait passer pour vous.

MARIE.

Ah ! Mademoiselle ! que vous ai-je fait pour que vous me traitiez ainsi, vous qui tout à l'heure m'accabliez de caresses et d'amitiés ?

MÉLANIE.

Taisez-vous, indigne créature, et sortez d'ici à l'instant.

20

MARIE, *en pleurant.*

Je m'en vais, Mamzelle, mais je n'ai pas mérité
d'être chassée ainsi ; je ne suis qu'une pauvre fille,
c'est vrai, cependant vous ne devriez pas me dire
des paroles si dures, je n'ai rien fait pour les mériter. *Elle se couvre la figure avec son tablier.*

MÉLANIE, *avec impatience.*

Mais partez donc.

*Marie se dirige vers la porte ; au moment où elle
va pour sortir, Agnès paraît et la retient.*

— ◦◦)◦◦ —

SCÈNE XIIe ET DERNIÈRE

Les précédentes, AGNÈS.

AGNÈS.

Ce n'est pas toi, mon enfant, qui dois rougir et
te cacher ; il n'y a ici qu'une seule coupable, et
c'est moi. *A Caroline.* Pardon, Mademoiselle, d'avoir
donné un instant votre nom à une jeune fille qui
vous est inférieure sous bien des rapports sans doute,
mais qui, du moins, ces demoiselles peuvent l'af-
firmer, n'a pas dit une seule parole que Melle de
Borsald eût désavouée, car toutes prouvaient l'excellence de son cœur et de ses principes.

CAROLINE.

Il n'y a donc pas de pardon à accorder, ma chère
Agnès, puisqu'il n'y a pas eu d'offense.

AGNÈS.

Je vous remercie d'une pareille indulgence. *Se*

tournant vers les autres jeunes personnes. Et vous,
mes chères amies, voudrez-vous m'excuser aussi?

MÉLANIE.

Tu nous a couvertes de ridicule aux yeux de
Melle de Borsald, c'est ce que je ne puis te pardonner.

SOPHIE.

Nous faire traiter sur le pied de l'égalité une
petite mendiante !

EUGÉNIE.

C'était, ma chère, un peu trop compter sur
notre amitié.

AGNÈS.

J'ai eu tort, mille fois tort, mais enfin puisque
la personne qui pouvait à plus juste titre se trouver
offensée a bien voulu me pardonner, ne l'imiterez-
vous pas, mes bonnes amies?

CAROLINE.

Il me semble, ma chère Agnès, que vous n'avez
pas encore interrogé les sentiments de cette personne.

AGNÈS.

Vous m'aviez laissé espérer....

CAROLINE.

Oh ! moi, je suis hors de cause ; mais d'un côté
je vois ces demoiselles dont l'amour-propre a été
un peu froissé, de l'autre une pauvre enfant qui a
été bien cruellement traitée; cette conduite, qu'elle
n'avait pas méritée, a dû lui être d'autant plus

pénible qu'elle succédait aux caresses, à l'amitié
dont on l'avait accablée quelques instants auparavant. Aussi son cœur saigne, ses yeux sont pleins
de larmes ; elle ne vous a pas accusée, ma chère
Agnès, mais ne vous sentez-vous pas coupable envers elle ?

AGNÈS.

Oh ! oui, cette leçon est juste, et je vous en
remercie du fond de l'âme, Mademoiselle. *Au moment où elle se tourne du côté de Marie, celle-ci
fait quelques pas vers elle.*

MARIE.

Voulez-vous bien maintenant, Mamzelle, me permettre de m'en aller ? Je suis restée ici trop longtemps. Pour la première fois de ma vie j'ai oublié
un instant mon humble condition ; la fille de Pierre
Yval s'est enorgueillie de louanges qui ne pouvaient
s'adresser à elle, et elle en a été bien punie !

CAROLINE, *vivement.*

Votre père, dites-vous, s'appelait Pierre Yval ?
Il habitait Annecy et servait de guide aux voyageurs ?

MARIE.

Oui, oui, Mamzelle ; est-ce que vous l'avez connu ?
Oh ! dites alors ; dites à ces demoiselles que c'était
un honnête homme.

CAROLINE, *avec âme.*

Il m'a sauvé la vie... Un jour que je m'étais im-
prudemment avancée au bord d'un précipice, me
soutenant seulement à une branche d'arbre, elle

se rompit, et j'étais perdue, si le brave Pierre Yval ne se fut élancé à mon secours en exposant sa propre existence. Cependant il refusa toute récompense, disant qu'il n'avait fait que remplir son devoir.

MARIE.

Ah ! je le reconnais bien là, mon bon père!...

CAROLINE.

Je paierai du moins ma dette à sa fille. A dater de ce jour, Marie, tu changeras les habitudes de ta vie errante contre les occupations d'une laborieuse ouvrière, et personne ne pourra désormais t'appeler vagabonde ou mendiante, oubliant, pauvre enfant ! que tu n'avais pu choisir un autre état.

Mélanie baisse les yeux avec confusion.

AGNÈS.

J'espère que vous voudrez bien m'associer à cette bonne action.

CAROLINE.

Volontiers, si notre petite protégée accepte ma proposition.

MARIE.

Oh ! oui, car il me semble que c'est mon père qui me parle par votre voix.

THÉRÈSE, *paraissant à la porte.*

Mademoiselle est servie.

AGNÈS.

Jusqu'à présent, mes amies ; j'ai bien mal rempli

ma tâche de maîtresse de maison ; laissez-moi, je
vous en supplie, réparer mes torts ; suivez-moi en
signe de pardon et d'indulgence ; n'en avons-nous
pas toutes besoin ? *Ces derniers mots doivent s'a-
dresser au public.*

FIN.

TABLE

Lille. Typ. L. Lefort. 1860.

Volumes in-18 chez le même éditeur

— Lille. Typ. L Lefort. 1859 —